KB242388

하늘 소풍

하늘 소풍

초판 1쇄 발행 2026년 3월 20일

지은이 | 김익수
만든이 | 이한나
펴낸이 | 이영규
펴낸곳 | 도서출판 그린아이

등록 연월일 | 2003. 12. 02.
등록 번호 | 제2-3893호
주소 | 서울특별시 은평구 녹번로 6-11, 201호
전화 | 02)355-3035 팩스 | 031)965-4679
이메일 | gmh2269@hanmail.net

©김익수, 2026

책값은 뒤표지에 있습니다.
잘못 만들어진 책은 바꾸어 드립니다.
무단 전재 및 복제를 금합니다.

ISBN 979-11-91376-72-2(03810)

시와 수필의 아름다운 동행 1

하늘 소풍

김익수 시·수필집

그린아이

정직하고 떳떳한 삶을 꿈꾸며

'말'을 하다보면 남몰래 함부로 욕도 하고 농담도 하고 실언失言도 하지요. 그러나 '글'은 진실과 근거, 깊은 성찰省察을 통해 표현하고 남기게 되어 허투루 쓸 수가 없어요. 당연히 말 수도 줄어들고 조심하게 되더군요.

이번에 세 번째 저서, 『하늘 소풍』을 준비하며 많은 생각을 하게 됩니다.

'삶'이란 사랑하는 것—감사와 용서, 기쁨, 나눔, 베푸는 것이요, 미움과 시기, 다툼, 전쟁, 빼앗음은 '죽음'을 의미하고 점점 그 길을 향하여 달려가는 것임을 깨닫게 됩니다. 그러니 저도 남에게 해를 입히거나 원망하거나 시비를 걸어 폐를 끼치는 자로 살아서는 안 되고, 남은 동안 정직하고 떳떳하게 살다 갈 수 있으면 참 좋겠다는 마음입니다.

이제 팔십이 넘은 제가 살면 얼마나 더 살겠습니까? 욕심 부리지 말고 건강하게, 착하게 살아야지요. 식구들이 걱정 않도록 늘 언행심사言行心思를 조심하고 이웃과 사회, 나라에 해충害蟲이 안 되도록 깔끔하게 살아가길 바랄 뿐입니다. 턱없이 부족한 글들을 모으며, '이게 마지막 작업일지도 모르지. 나의 자서전적인 의미가 깃들어 있으니… 정성껏 만들어야겠다' 하는 마음으로 최선을 다해 봅니다.

존경하는 고맙고 감사한 은인들과 사랑하는 벗님들, 나의 가족들에게 진정 사랑의 마음을 소중히 담아, 앞으로 더욱더 건강하고 행복하시기를 두 손 모아 축복기도 드립니다.

희망찬 2026년, 새 봄을 맞으며
김익수 장로 올림

봄꽃 피우기

윤주영 (시인, 응암교회 은퇴장로)

봄꽃은 하나하나
육신이 아프거나
마음이 아프지 않은 꽃이 없습니다

시인은 꽃을 피우는 사람입니다
희망을 주고
사랑을 주고
아픔을 치유해 주고
모두의 가슴에 안길
건강한 꽃으로 피우는 사람입니다

긴 겨울 혹독한 추위와
동토에 서 있던 나무들의 이야기가
시인의 손에서 새 꽃으로 피어났습니다

모두가 시인이 피운 꽃을 한 아름씩 안고 가
새 봄, 새 희망을
누렸으면 좋겠습니다

*김익수 작가의 세 번째 저서 『하늘 소풍』 발간을 축하하며.

내 혈육 같은 친구, 익수!

얼마나 춥고 외로웠을까?
그 긴~ 밤 홀로 삼켰을 눈물들
뼈저린 아픔, 사랑과 환희를…

고귀한 "인생 노트" 한 권에 담은
세 번째 보물집, 『하늘 소풍』 출간을
진심으로 기뻐하며 축하해.

친구여 오래오래 건강하세
아름다운 글도 계속 쓰면서~

[미성美星] 4개사 회장 서요원

귀한 작품 제3집 『하늘 소풍』 출간을
진심으로 축하드리며 축복합니다.

[미성美星] 4개사 대표 서지희

생명력을 일으킨 도전정신

하재준
한국장로문인협회 제17대 회장, 문학평론가

김익수 장로는 일찍이 『창조문예』를 통해 수필로 등단하였고, 이어서 『별빛문학』을 통해 시로 등단하여 여러 문예지에 꾸준히 수필과 시를 발표해왔다.

그는 부산대학교 행정대학원을 수료한 후, 해양수산부와 대산청장을 거치며 녹조근정훈장을 받았다. 또한 문인으로서 한국장로문인협회에서 장로문학상을 수상하기도 하였다.

김익수 장로는 56세에 명예퇴임한 후 취미활동을 위해 탁구를 배워 전국탁구대회 심사위원 자격을 획득하였고, 서울시 탁구협회 전속심판으로 활동하였다. 77세에는 게이트볼 1급 심판 자격도 얻었다. 한국장로문인협회에서도 회계로 일하며 정직하고 성실한 인품을 가진 문인으로 평가되고 있다. 신앙심 또한 깊어 그의 글을 읽을 때면 높은 믿음과 도전 정신의 위대함을 느낄 수 있다.

문학은 작가의 사상과 감정을 언어로 표현하는 예술이기에 인간됨을 잘 드러내는 특성을 지니고 있다. 글은 곧 사람이라는 말처럼 글 속에는 필자의 인품과 신앙이 담겨 있다. 글 따로 사람 따로의 경우도 없진 않지만, 김익수 장로의 작품은 그런 경향과는 사뭇 다르다. 그의 글은 자기 반성에서 시작된다. 그렇기 때문에 독자들과의 공감대가 형성될 수 있는 것이다.

김익수 장로의 세 번째 작품집 『하늘 소풍』은 시와 수필을 한 권의 책으로 엮어낸 시·수필집이다. 이번 작품집에서도 그의 문학적 성숙미가 물씬 풍긴다. 잠시 그의 작품으로 시선을 옮겨보자.

김익수 장로의 글은 작가가 직접 작품 속에 등장한다는 특징을 가지고 있다. 그러므로 작가의 사상이나 감정, 철학 등이 담겨 있어 생활의 숨소리까지도 들을 수 있다.

「난 기도한다」란 시에서는 "새야!/네 약한 날개가 그 바람/이겨낼 수 있겠느냐/어찌 그 먼 길을/홀로 나섰단 말이냐"라고 하며 독자들에게 해답을 구한다.

이 외에도 다양한 수필을 통하여 "우리는 어떻게 살아야 할 것인가", "난 어떻게 기도해야 할 것인가?"라는 물음에 예수님의 보배로운 십자가의 피를 바라보면서 하나님 앞에 무릎을 꿇자고 말한다. 참으로 높은 신앙심이다.

이런 의미에서 평자는 계속 작가 김익수의 정진과 건필을 위해 기도하려 한다.

▶제3부 **이웃 섬김**

▶제5부 **본향으로**

제1부

자연 예찬

새해 새아침의 노래

새 하늘문을 열고
새해가 활짝 웃네
새벽 여명 어둠을 찢고
무릎으로 기도하네

하늘의 신령한 것
이 땅의 복을
정직한 이들에게
듬뿍 주실 줄 믿으며

황량한 광야를 향해
불끈 솟는 동녘 해
한강 물줄기를 타고
응암교회 창살에 맞닿네

새 소망 부활을 품고
사랑과 열정을 쏟아
어둠과 거짓들 전쟁은 끝장
새해 새아침의 노래
벅찬 감격 환희의 물결~

설날

설 쇠러 가는 차들은
눈길을 달리고
부모 형제 눈에 어려
마음 설렌다

몸 사려 세배 드리고
흰 떡국으로
깔끔히 씻으면
한 해가 복되리라

웃어른 덕담 한마디
사랑의 가정
화평의 가정 이룬다

손자들과 탁구 치고
아내 며느리 손자랑 윷놀이
아픔도 외로움도
온데간데없구나

오, 하나님 은혜
지상의 천국이여!

기막힌 아침

감사해요 하나님!
밝은 새날 새아침
찬송과 기도 드려요

추운 날 연탄 걱정에
가진 돈 다 갖다 주고
이름도 없이 돕기만

건강하고 똑똑한 두 아들
너무 감사해
어려운 이웃
조용히 도우려는 참사랑
내 가슴을 울려요

아프고 춥고 어두운 세상
아~ 기막힌 아침이여
희망의 나라가 열리려나
아름답고 빛나는 아침

우리 마음 생각 언행
예수님을 닮아가면
기막힌 아침을 맞아요

오늘은

오, 감미로운
신비의 새날
오늘은
장엄하고 찬란히
빛나리니

드넓고 심오한
은혜의 바다에서
영원한 생명의 싹
파릇파릇 움틔워
소담히 담아오련

울고 웃으며
소중한 추억
가득 품어라

단비 내려
여린 네 가슴
씻기우면

활활 타던 목마름
말끔 씻어
영롱한 열매
알알이 맺으오리

봄

어젠 봄비 솔솔 내리더니
오늘은 살가운 봄볕이
웅크린 등짝을 두드려
깜짝 눈뜬 새싹들
큰 기지개 한번 켠다

새 꽃신 신고 봄처녀 오시나
골짜기 물은 더욱 세차게 흘러
냇가 두루미 한 쌍도
날갯짓 햇살에 눈부시고
세상은 온통 풀잎 향기다

복수초, 개나리랑
산수유 어느새 노랑꽃 피워
봄을 활짝 여시며
주님은 명命하신다
'밝은 봄길로 어서 달려라'

민들레

너 하얀 꽃잎 민들레야!
짓밟히며 소리 없이 피는
너는 아홉 개의 덕德을 안고서
이 땅에 태어났다지

끈질기게 견뎌 새싹 움틔워
순서대로 꽃대를 내면서
많은 꿀을 벌 나비 나눠줘
한약재로 상처 아물리며
까만 머리 회춘의 효험도
향긋한 맛 김치도 담그고
홀씨 멀리 흩어 번식하네

길섶에 납작 엎드려 웃는
흰민들레를 보고 많은 걸 배우며
고개를 수그려요

진달래

진달래 피는 계절 오면
그 애들 생각이 난다

허리띠 졸라매며 오가던 학굣길
신언리新堰里 헐떡고개
햇볕 따사롭던 공동묘지 돌아오는 하얀 길
왜 그리 멀고 힘겨웠는지

그 애들이 따주던 진달래 꽃잎으로
허기를 달랬었지

어느 주일날 예배당 양지쪽에서
부활절 계란과 백설기떡을 들고
나를 기다리던
눈이 맑고 예쁜 경이
인정 많던 숙이

결혼 마흔아홉 해 맞는
착한 내 아내 입술
천상 진달래 색깔이다

성당 벚꽃

봄을 짙게 화장한 그대
올해도 어김없이 피었다
코로나 번져 암울한 땅
울상으로 찌푸렸는데
그대 뽀얗게 눈부신 날
당산동 성당 앞 두 그루
반짝반짝 외롭진 않겠다

언뜻 보기 화사한 듯해도
어딘가 그늘진 눈망울
곧 울음보라도 터지려나
슬픔과 애절함 깃들어
한 줄기 봄비라도 내리면
우수수 다 쏟아지고 말아
흔적도 없이 훨훨 날으리

좋은 세상

난 보았네 좋은 세상을

헬렌 켈러가 보지 못한
아름답고 가슴 벅찬 세상 풍경을
어제도 보았고 오늘도 바라보네

동녘에 이글이글 타오르는 태양
불그레 물들여진 저녁노을
깜깜한 밤 환한 달 반짝이는 별들

하나님 지으신 모든 세계 만물
봄 여름 가을 겨울, 아름다운 사계절
새들 노래하고 꽃과 나비 춤추고
나무와 숲 어우러져 대합창하네

아, 작고 맑은 내 영혼
무한 기뻐라

비

오랜만에 달콤한 비가 오시네
여름은 점점 무르익어 가고
후텁지근 갈증에 시달린 우리들
비 오실 날만 학수고대했네

한 줄기 시원한 여름비야
팍팍하고 굳은 땅 흠뻑 적셔다오
정말 고맙고 감사하다
때맞춰 온종일 뿌려주는 빗줄기
지친 이 땅 신음하는 사람들
큰 위로와 기쁨 되리니

비야 내일도 또 와주렴
타는 듯 목마른 대지 위에

무지개

이십여 년 전 내가 보았던
장엄한 나이아가라 폭포수 위로
솟아오른 쌍무지개 비경
그 황홀함을 아직도
난 잊지 못하네

"무지개를 구름 속에 두리라"
사십 밤낮 홍수를 내려
땅 위의 모든 생물을 멸하신 후
하나님께서 다시는
이런 심판을 하지 않겠다
약속하시는 증표로
빨강 주황 노랑 초록 파랑 남색 보라
아름다운 일곱 색깔
무지개를 하늘에 펼치셨네

고난주간을 앞둔 종려주일
십자가에 달려 피 흘리신
어린양 예수님을 묵상하며

나는 눈물로 기도하네

노아의 홍수 심판 이후
인류 구원의 큰 역사를 이루신
주님의 뜨거운 사랑 희생
우릴 위해 온전히 죽으셨고
삼일 후 부활하셨네

엄청난 이 역사를
조용히 묵상할 때면
내 가슴은 온통
벅찬 감격과 환희의 물결
새록새록 짙은
무지개가 피어오르네

바다

노아의 홍수와 전혀 상관없이
오늘도 장엄하고 묵묵히
무한한 가슴에 포근히 안아
거센 파도를 고이 잠재우네

찬란한 궁전은 매일 풍성한 잔칫날
황홀한 산호숲, 헤엄치는 황금 물고기 떼
유유히 멋진 곡예를 펼치고
따스한 햇살, 쌍무지개 곱게 그려
값진 사랑의 선물 끝없이 내주기만

숱한 보물과 비밀 간직한 너
항상 너그럽고 태평한 모습은
하얀 머리 고운 주름살 우리 어머니의 미소
이젠 노쇠하여 화낼 힘조차 사라졌나
너 물바위 성난 파도, 한바탕 휘저어
밑창에 깔린 오물통 몽땅 토해다오

산

하늘 아래
언제나 묵묵하고
믿음직스런 그대
변함없는 내 친구

활짝 핀 봄꽃길
짙푸른 여름 초목
형형색색 가을 단풍
은색 설경 겨울산

춘하추동
옷 갈아입고
향수를 뿌리며
당당히 서 있네

사계절 곱고
아름다운 산
하늘의 은혜로
찬란히 빛나네

새벽별

계절의 여왕
5월이 다 가네요
새벽 2시에 깼어요

한국장로문인협회 29년
감사예배와 문학상 수여
32회 출판 잔칫날

설렘과 환희의 물결
터질 듯 가슴 벅차올라
엄청 기쁘고
너무너무 감사해요

쓰고 또 쓰고
한국 장로 문인들이여
새벽별처럼 빛나시라

정릉천에서

6월의 첫 휴일
선배 시인님과 함께 걸어요

1급수 물고기 버들치들의 유영遊泳
아이들 물세례 속 까르르
웃음꽃 활짝 피어나고

파랗게 쑥쑥 자라는
갈댓잎 흔들며 달려오는 미풍 속에
청둥오리 한 쌍이
비단잉어랑 속삭여요
여기가 바로 지상천국인가

천변풍경川邊風景 카페에서
오미자 얼음차 한 잔으로
초여름 땀방울을 씻으며
정릉천 기행을
마음속에 간직해 봐요

오, 행복 감사한 하루여!

태화강

울산 심장을
유유히 흐르는구나
아름다운 태화강
새끼 강 동천도
작고 예뻐라

왕년 울산의 영광
어디로 가버렸나
활기찬 도시 풍경
번영 풍요의 거리가
사라졌나

우린 서둘러
신흥 최고의 해수욕장
고래불을 향해
새마을 열차로
신나게 달리네

가을 산책길

가을의 이른 아침
나 홀로 차근차근 걷는
고요한 산책길

코스모스 한들한들
빨갛게 익은 사과밭
석류는 헤~ 입 벌려
깔끔 이빨 속 드러내고
깐 알밤들 주렁주렁
다닥다닥 붙은 감

파란 하늘 흰구름
상큼한 바람 바람
샛노란 국화 무리
가을빛 향기 짙어
운동하기 안성맞춤

맑고 풍요로운
아름다운 가을 숲
호젓이 걷는 산책길
아~ 좋다 참 좋아

10월아!

내 꿈의 달 10월아!
가을 중문 살짝 열고서
맑은 공기 한가득 싣고
울긋불긋 단풍잎 물들여
알알이 영글어 맺힌
열매들 주렁주렁
향긋한 냄새 코끝에 스치는
풍성한 가을의 한복판
아름다운 10월아!

높고 파아란 하늘
코스모스는 한들한들
연인과 여행하기 딱 좋은
시원하고 쾌청한 10월
국화랑 구절초의 꽃마을
주홍색 감들 다닥다닥
헤~ 입 벌려 하얀 속니 드러낸 채
활짝 웃고 있는 빨간 석류들
밤나무 숲에선 알밤 털이

한창 동네잔치 벌였네

아, 너무나 그리운 님이여!
멋진 10월의 마지막 밤을
목놓아 우리 함께 노래 부르자

먹구름

하나님이 천지를
지으시고 섭리하시어
청천 하늘에 느닷없는
먹구름 소낙비 내리시네
철 따라 이른 비와 늦은 비
가을비와 봄비 촉촉이
생물과 대지를 흠뻑 적시어
풍요롭고 아름답게 가꾸시네

하나님은 요술쟁이
어쩜 그리도 정확히
낮과 밤 해와 달
밤하늘 총총 무수한 별들을 설계해
질서 있게 운행하실까?
때로는 흰구름 돌변하여
삽시간 먹구름 덮었다가
억수로 쏟아붓네
천둥 번개 날벼락
태풍에 물난리 무서워라

아, 하늘 먹구름이여!
우리를 불쌍히 여기고
제발 용서해다오

겨울아

너 희고 맑은 겨울아
난 차갑고 순수한 널 좋아한다

피멍 깊고 꽁꽁 언 땅
하얀 천사 사뿐 내려 소복소복
추악한 죄와 허물 모두 덮어라

하얀 겨울 칼끝 추위를
포근한 눈송이 송이
사랑의 꽃 피워 녹여다오

찬바람 겨울아 넌
벌써 꽃망울 새봄을 잉태했구나

겨울비

창밖에 비가 내려요
한참 눈이 내릴 때인데
어제 오늘 비만 내리네

흰눈보다 비는 슬퍼
엄청 추워지려나?
나라가 꽁꽁 얼었고
교회들이 웅성웅성

천지만물을 다스리시는
우리 소망 왕이시여!
참혹한 이 땅 안으소서
날 깨뜨리시어 사랑의 꽃을
아픈 가슴 가슴마다 피우소서

올해는

또 한 살을 먹게 되는구나
올해는 꼭 만나봐야지
참 편안하고 좋은 사람
착하고 진실한 내 옛친구

세월은 빨리도 흘러 흘러
그리움만 쌓이네
라면을 최초로 둘이서 먹었고
슬픈 거지님 보며 엉엉 울었지
그땐 참 다정하고 순수했어
거짓도 욕심도 없었는데

하늘의 천사처럼
그 친구 다시 만나면
내 마음 다 쏟아놓고
한 마리 파랑새가 되리라

수박 예찬禮讚

　푹푹 찌는 삼복더위가 기승을 부리는 요즘은 수박이 참말 먹고 싶다. 간절한 마음에 글도 한번 써봐야겠다는 충동이 불끈한다. 제목을 '수박 타령'이라 쓸까, '수박 예찬'이라 붙일까? 고민도 했다. 요즘처럼 30도를 웃도는 무더운 여름 날씨! 내가 좋아하는 과일들 ― 참외, 포도와 황도, 늦가을 홍시 ― 보다도 특별히, 어쩌면 모든 사람들이 좋아하는 과일 중 단연 1등은 수박이 아닐까 싶다. 찌는 듯한 한여름 냉장고에서 막 꺼낸 빨간 수박 덩어리 ― 생각만 해도 금세 온몸이 시원 상쾌해진다. 초록색 두터운 껍질에 날 선 부엌칼 꾹 눌러 서너 번 톱질하노라면 "좌~악" 반듯하게 두 쪽으로 쪼개지면서 빨간 속살을 드러내는 그 순간이야말로 경이롭기 그지없다.

　'수박' 하면? ― 나에겐 아찔한 두 가지 장면이 떠오른다. 하나는 초등 3학년 때, 외숙모님과 도고온천 난장판에 씨름 구경 갔다가 뒷걸음질쳐 한가득 담아놓은 수박 바지게 작대기를 건드려 잘 익은, 그 큰 수박 덩어리들을 몽땅 쏟아 나뒹굴게 한 사건이다. 여기저기 빨갛게 깨뜨려져 흩어진 수박들 곁에 많은 구경꾼, 주인과 나 혼자 남아 있으니 이 일을 어찌하랴? 꿀 먹은 벙어리처럼 아무 소리 못하고 그저 "제가 정말 큰 잘못을 저질렀어요. 용서해 주십시오"만 연발. 한참을 침묵하던 주인아저씨께서는 "어린 너 혼자구나. 앞으론 주의해라" 하시며, 그 큰 손실에도 용서해 주셨다. 그때의 농촌 인심이 그랬다. 정말 눈물이 나올 지경이었다. 지금까지도 그 고마움은 가슴에 남아 있다.

두 번째 사건은, 여름방학 때 모시밭골, 우리 동네 친구들 다섯 명이 대청마루에서 함께 자는 척하다가 한밤중에 언덕을 넘어 원두막 있는 수박 밭을 습격한 일이다. 검정 팬티에 검정 고무신을 신고, 일제히 집단 습격하여 정신없이 수박서리를 감행했으니 깜깜한데 어찌 익은 수박만 땄으리요? 지금 생각하면 큰 도둑질인데…. 더군다나 짓궂게도 낮에는 그 원두막에 가서 주인의 동정까지 살펴보았으니…. 주인 아저씨는 "어젯밤에 어떤 놈들이 익지도 않은 수박을 서리해 갔다"며 속상해하셨다. 속으로 얼마나 킬킬거리며 웃어댔던지…. 정말 지금 생각하면 끔찍한 순간이었다. 나는 철들면서 하나님께 수없이 회개의 기도를 드렸다.

수박은 아프리카가 원산지로, 이집트에서 재배가 시작되었다.

우리나라는 조선시대 『연산군 일대기』에 기록이 있어서 그 이전부터 재배된 것으로 전해지고 있다. 한해살이 쌍떡잎 식물이며, 암수 한그루로서 줄기가 땅을 5m나 기어간다. 5~6월에 피는 연노랑 꽃도 참 예쁘다. 꽃말은 '큰 마음'이란다. 열매가 삼겹으로 구성되어 바깥 껍질은 짙은 녹색, 청개구리색이나 연한 호박색으로 단단하고, 속껍질은 하얀 박 속 같다. 새까만 씨(흰색, 노란색 등 변종도 있음)들이 총총 박혀 있어 골라내고 먹는 수고로움이 옥에 티일 뿐, 속이 꽉 찬 과일로 정말 맛깔스럽다. 옛날 임금님 수라상에 오를 만큼 귀족 식품이기도 하다.

근래에는 그 모양이 둥근 것 말고도 타원형, 길쭉한 것 등이 있고, 무게 또한 5~6kg을 넘어 10kg짜리 왕수박이 나올 정도로 매우 다양하고 온실 재배도 꽤 흔해졌다. 한방과 구창, 보혈, 강장제로도 알려졌다. 일제강점기에 우리의 핏줄인 우장춘 박사는 천신만고 연구 끝에 '씨 없는 수박' 만들기에 성공하여 세계로 퍼뜨리는 쾌거를 이뤄냈다. "맴~맴, 쓰르램" 매미 우는 소리 절정인 한여름, 쩍 갈라진 빨간 수박 속살을 파내어 얼음 알 동동 띄워 수박화채와 빙수를 만들어 먹거나 곱게 갈아서 주스 한 잔 쭈~욱 마셔보라. 그 맛이 과연 어떠한가? 당도가 매우 높은 편이다. 꿀맛 못지않다. 지상천국이 따로 없구나!

수박은 어지간해서는 혼자 숨어서 못 먹는다. 조각달처럼 잘라서 여럿이 삥 둘러앉아 도란도란 이야기꽃 피워가며 야금

야금 먹는 재미가 쏠쏠하고 너무도 정겹다. 우리 집 식구는 다섯이라 25,000원짜리 한 통이면 딱이지만 오늘 종강을 맞는, 모랫말 어르신 복지센터 수채화반 우리 친구들 열 명이 함께 쫑파티 하려면 아무래도 두 통은 사 가지고 가야만 모자라지 않을 것 같다.

선생님도 찜통더위 속에서 두 달 동안 "너무너무 고생 많이 하셨습니다. 고맙고 감사합니다." 남은 노년 인생을 멋지고 아름답게 살라고, 온갖 정성 다 쏟아부어 가르쳐주신 은혜를 어떻게 보답하리요? 오늘이 내 생애 최고의 날! 더욱 찬란히 빛나고 행복하여라. 한여름 싱싱한 수박처럼 남을 유익하고 시원하게 해주는 사람으로 살아가길 소망하며 두 손 모아 간절히 기도드린다.

사마귀 사랑

2020년 한 해는 우리나라뿐만 아니라 지구상의 모든 나라가 코로나19의 진통을 겪었다. 국제 무역 통상은 물론, 외교, 관광, 교육, 심지어는 문화와 스포츠, 모든 영역에 이르러 단절 또는 정체를 맛봐야 하는 암흑과 죽음의 시간들을 보내며 슬프고 많은 것들을 생각하게 하는 현실이었다. 우리나라에서 수백 명 이상이 사망하였고 미국도 수십만 명, 세계적으론 수백만 명이 죽어가고 있는 끔찍한 상황의 나날을 살았다. 입, 코, 얼굴을 덮어씌워 꼴불견인 데다가 방역 2.5단계 이후론 거리두기 강화로 발까지 묶여 우리의 만남을 예배, 여행, 외출까지 통제하니 참으로 살맛 안 나는 세월을 보내고 있어 울적하기만 한데, 어쩌다 한 번씩 학교에 가는 초등학교 3학년 열 살 난 막내 손자 김현겸이 "할아버지, 사마귀 좀 잡아 주셔요" 한다. 나는 무조건 "그래, 잡아 줄게" 하고 굳게 약속하였다.

아직은 땡볕이 따가운 팔월 말인데 주변의 공원과 숲속을 뒤져 보아도 사마귀는 보이지 않고 헛걸음치다 어느새 시원한 바람에 풋과일 냄새 짙게 묻어오는 가을을 맞게 되었다. 구월의 어느 날 드디어 6호선 새절역 산마루 게이트볼구장 코스모스 피어 있는 수풀에서 크지도 작지도 않은, 예쁜 항라사마귀 한 마리를 잡았다. 손바닥에 맞아 기절했나? 활기차지 못한 걸 들고 손자 앞으로 직행했다. 놀이터에서 친구들과 뛰놀던 손자 녀석, 얼마나 기쁜지 깡충깡충 뛴다. 물 주고 밥 주며 반찬통을 뚫어서 살 집을 마련해 준다. 이튿날 갑자기 걸려온 전화, "할아버지, 사마귀가 죽었어요. 땅에 묻어주었어요" 한다. 참 마음이 아팠다.

그 이후 나는 온종일 사마귀 잡을 일만 궁리하느라 딴일이 손에 잡히지 않고 온통 사마귀 생각뿐이었다. 삼 일 뒤 함께 공을 치시는 김영환 어르신께서 일찌감치 까만 색깔의 좀사마귀를 들고 오셨다. 어찌나 고마운지…. 아마 손자 걱정하는 나의 모습이 안쓰러워 보였기 때문이리라.

아~ 이제는 한숨이 놓인다. 바로 전화하고 아들 집에 달려가 손자에게 건네주자 펄쩍펄쩍 뛰듯 좋아하며 "이것은 아주 희귀한 사마귀예요. 고맙습니다, 할아버지!"라며 호들갑을 떨더니 꾸벅 인사까지 한다. 제 옆집 친구 박익현을 불러내 보여주며 자랑이 이만저만 아니다. 곧바로 잠자리채 들고 먹이사냥 가자며 졸라댄다.

그로부터 일주일이 또 지났을까? 이른 아침 운동하러 일백구십 나무계단을 딛고 동산에 올랐는데, 아! 이 웬 경사인가? 게이트볼을 아주 잘 치시는 영순 님이 비닐봉지 두 개에 푸른 왕사마귀 한 마리랑 그 유명한 넓적배사마귀를 담아서 가져 오셨다. 울컥! 하마터면 나는 울 뻔하였다. 내가 그 얼마나 손자 사마귀 사랑에 함께 빠졌던가? 그제야 깨달았다. 나도 모르게 손자 얘기하고, 풀숲만 뒤지는 걸 유심히 지켜보신 선배님, 동료 분들의 응원과 협조로 이 일은 성공할 수 있었다고 믿는다. 진심으로 머리 숙여 깊은 감사를 드린다. 먼저 주신 좀사마귀는 제 본고향으로 돌려보내 주었다.

손자를 빨리 집으로 오게 하여 제 큰아빠가 예쁜 박스를 잘라서 가는 망을 씌워 사마귀 새집을 지어줬는데 꼬마가 "큰아빠, 따로따로 집을 지어줘야 서로 잡아먹지 않아요" 한다. 그 말을 듣던 제 삼촌이 바로 인터넷 쇼핑몰에서 가장 비싼 곤충집 두 채를 주문한다. 내일 새벽까지 도착한다고. 손자는 설레어 잠 못 이룬다. "아가! 걱정 말고 푹 자거라. 할아버진 잠이 없어 새벽 네 시면 일어난단다. 내가 책임지고 택배를 받아줄 테니 어서 자거라."

다섯 시 반, 빨강 하나 파랑 하나 정말 아름다운 사마귀 집이 마련되었다. 더구나 겹경사! 간밤 사이에 왕사마귀는 큰 덩어리 알집을 낳았다. 곧 수많은 새끼들이 나올 거라며 손자는

엄청 기뻐하면서 애벌레 중에서 항라사마귀도 꼭 나와주기를
소원하는 눈치였다.

 분명 너는 미래의 곤충학자가 꿈인 거니? 위대한 파브르의
뒤를 이어보려무나! 지구상의 곤충들이 날마다 죽어가고 있는
현실이 너무나 슬프고 마음 아픈 거지? 나는 자랑스러운 널 무
척이나 사랑하고 기대하며 힘껏 응원해줄 것을 약속한다. 늘
건강하고 정직하며 가족뿐만 아니라 이웃을, 더 나아가 모든
인류와 자연을 사랑하는 착하고 아름다운 사람이 되어주기를
날마다 기도하고 또 기도하련다.

제2부

가족 사랑

행복

행복의 기준은
사람마다 달라
골고루 가득 가져도
행복을 모르고
작은 기쁨만으로도
엄청 행복해하네

진정한 행복은
소유에 있지 않고
영혼의 평강
사랑 환희 감사
흐뭇한 마음
만족감에서 오네

나는 참 행복해
알몸으로 태어나
천애의 고아 시절
인내 절제로 이겨
아름다운 가정을
행복한 삶을 누리네

클로버

너희 이름
세 잎은 행복
네 잎은 행운이랬지?

제발 네 잎 애써 찾노라며
귀한 네 친구
수많은 세 잎사귀들 짓밟지 말거라

여기 가장 소중한 우리 식구들
행복을 주세요 늘 기도하련다

가족

가족은 무조건 사랑
함께 웃고 함께 아파해
조금 생각은 달라도
비교하거나 시기하지 않으며
오직 격려와 배려해줄 뿐

엄마 아빠의 지극정성
평생을 자식 위한 헌신과 희생
애타는 그 마음 어찌 알리
고분고분 부모 말씀 잘 순종해
올바른 사람 되는 게 최고 효도

도덕성이 몰락하고
법과 질서가 무너진 시대
힘들게 살아가는 젊은이들
오직 소망은 끈끈한 가족
행복한 가정을 이루는 일

사랑으로 한마음 한뜻 되어
함께 돕고 감싸 안으며
늘 기쁘게 감사하며 사노라면
하나님께서 큰 복 내려주시리

우리 가정 헌법

새해 맞아 화평한
우리 가정 이루기 위해
최초로 새 헌법을 제정 공포했다

장 권사가 발의하고
큰 손자 성겸이가 문서화한
네 개 조항의 쉽고 작은 법이다

올핸 더 사랑 주고받아야 하며
욕하거나 화낼 때 최하 이천 원
하루 최고 오천 원 벌금을 내야 한다

서로 칭찬과 격려, 위로의 말이
우리 가정을 밝고 복되게
세워가리라 굳게 믿는다

아내

아내는 가정의 꽃 − 향기
집 안의 해 − 한결같이 빛나네
'여보'는 영원한 보배라
가족을 먹여 살리는 젖줄

살포시 미소 지어 사랑을 빚고
죽을 고비 아들딸 낳아 키우느라
손발 다 닳도록 고생고생
식구들 섬겨 한평생을 희생양
제 몸 돌볼 새 없이 늙고 병드네

아~ 위대한 그 이름 − 아내!
언제 불러도 영원한 어머니시여!
이제는 좀 편안히 쉬어가며
오래오래 건강하고 아름답게 살아요

사랑하는 당신

다 그대의 덕德이며
믿음입니다

그대의 마음이 장미 같고
그대의 노래가 너무 아름다워
열매들은 튼실하게 자라
또 하나의 보금자리로
자리 잡게 해준 그대
내 마음은 늘 감동과 감격이었소

그대가 엎드려 기도할 땐
주님이 어루만지시듯
내 몸의 아픔과 상처를 치유하시고
어렵고 힘들 때에
그대의 기도를 들으신 것
잘 알지요

이제 칠십이라는 여정 속에
그대의 세월은 사랑과 헌신이었으니

장미보다 더 예쁜 꽃이
내 곁에 늘 있음에 감사하오

우리 남은 날
꽃밭에 동그라니 앉아
피어오르는 잎사귀가 더 예쁜 꽃을
피울 때까지 손 잡고
늘 기도합시다

그대

그대는 나의 영원한
향기, 생명의 꽃

불타는 목마름으로
그대를 애모愛慕하며
새 아침을 열어요

행여나 아플까 슬플까
가슴 조마조마
그대 마중 나서요

아내 손

아내 손 너무 아파
난 눈물이 난다

혹사당한 열 손가락
수술받고 아물었는데
가위에 또 찢겨
피가 철철 흘러
병원으로 달리네

'제발 낫게 해주세요'
아내 몸과 맘 고생고생
다 내 탓이요
회개하며 용서를 빈다

이제부터라도
힘껏 도우련다

장경숙張卿淑

칠순 축하, 축복
빨간 장미
일흔 송이

빛깔, 향기 짙은
나의 꽃
꿈 영근 열매
큰 영향력
내 버팀목
살 이유, 소망

그냥 좋은
그대와 건강히
오래오래
살 수 있기를
기도드려요

그대는

그대는
내 영혼의 벗
영원히 빛날
참된 우정
나의 운명
생명의 원천
꿈과 소망
지지 않는 해
빛나는 별

그대는
내 가슴에 핀
아름다운 꽃
짙은 향기
늘 푸른 숲
내 삶의 동력
존재 이유
오늘도 믿고
사랑하오

넌 내 딸

올해 추석날 코앞, 바로 내일
내가 가장 보고 싶어 기다리는
넌 내 딸 오현미여!
언제 출발하니? 빨리 좀 와

아들만 셋에 손자도 셋
집안 살풍경 늘 빡빡한데
유일한 밝고 고운 미소
예쁜 아들 둘 낳다 죽을 뻔했지

넌 천상 영원한 우리 딸
변함없는 사랑과 정情의 화신化身
바빠도 웃고 아파도 웃는
우리 집 환히 밝혀주는 등불

우리 식구들 널 끔찍이 사랑해
보석 같은 너 절대 아프지 마!

키 큰 나무

키 큰 나무야!
너는 참 좋겠다
하늘 가깝지
햇볕 먼저 쬐지
산들바람도 눈보라도
실컷 많이 많이
맞을 수 있으니

또 멀리 멀리
넓은 들판
까마득히 긴 강 물줄기랑
비 온 뒤 떠오른
일곱 빛깔 쌍무지개를
키 큰 나무 넌
제일 잘 볼 테니까

*3남 김영산(金榮山) 43회 생일을 축하하며.

핏줄

설날이면 다들 모여
감사예배부터 드리네
만남의 감격과 환희
시간은 왜 그리 빨리 가는지
연휴가 너무 짧구나!

핏줄은 못 속인다고
저절로 당기고 그냥 좋아
작은아들 식구들 보내며
막내 손자 귀요미는
끝내 잡아두었네

엄마 아빠 떨어져
안쓰럽기도 하지만
웃고 노는 모습 너무 예뻐
간밤 자고 일어나니
이빨 하나 절로 빠졌다네
오, 귀여운 내 새끼

내 동생 이름

내 남동생 이름은 김정수
6·25전쟁 때 두 살배기
울 엄마 등에 업혀 총살당했지

나는 지금 금호역을 지나네
옥수 약수 다 내 동생 이름인 듯
장충단 게이트볼 선수 김복수
중구 동화팀 주장 김철수
그들 만나면 내 동생 얼굴이 보여

첫눈 온 날은 더 보고파
나 하늘나라 올라가면
내 동생 정수를 맘껏 껴안으리

첫사랑

그때가 정말 그립다
초등 사오 학년이나 됐으려나
우린 모처럼 수덕사로 수학여행
여럿 눈을 피해 그녀는
바위 틈새로 오징어랑 사탕 두 알
내 손에 꼭 쥐어주곤 달아났네
아직도 뜨거운 가슴 못 잊어

오빠보다 날 더 좋아한다고
엄마한테 꾸중 들었다며
내게 와 웃고 소곤소곤
그 예쁘고 착한 소녀
지금은 어디서 누구랑
무얼 하며 살아가고 있을까?
나이들수록 그리움은 쌓이고
보고픈 마음 잠 못 이루네

첫사랑은 아름답고 아픈 것

어버이날

인간은 누구나 부모가 있는 법
일찍 가시거나 오래 사시거나 할 뿐

내 아버진 대전사범 나와 선생님 하셨단다
평산 신씨 양반댁 맏딸 울 엄마 신영순
두 살배기 내 동생 업은 채로 총살당하셔

우리 민족의 큰 비극 6·25전쟁고아
외할머니가 눈물의 기도로 날 키워주셨다
내 결혼식과 증손자를 안아보시고
하늘나라로 가셨다

아침 노인복지관에서 빨간 카네이션 달아주네
여자 관장님, 직원들 정성과 사랑 눈물겹다
고마움에 아름다운 사진 찍어 답례하였다

어버이날! 난 특별히 이 땅의
고아와 독거노인들 위해 간절히 기도드린다

팔순八旬

한국 나이 팔십이라 잔치 벌였네
조선 왕들이 평균 사십을 못 살았다니
팔순이면 대단한 장수라 할까?
아니야, 아직 매우 활발할 수 있어

베르디는 85세에 '아베 마리아'를 작곡했고
데니슨은 80에 '죽음을 향해'라는 시詩 발표,
괴테도 80에 '파우스트'를 완성했다니
어찌 지금 팔순을 늙고 녹슬었다 하리

팔팔하게 열정과 꿈을 계속 펼치며
불타는 저녁 노을빛처럼 찬란할지라

*2025.9.10(음 7.19) 나의 팔순 생일에 아내와 아들 삼 형제 함께 식사함.

행복한 가정

한여름 개구리 울음소리가 멈추지 않는 어릴 적 시골 정경은 너무나 정겨워 마음이 그렇게 편안할 수가 없다. 공기가 깨끗하니 정신도 맑고 산뜻해져 하늘의 별들이 환하게 다가온다. 그야말로 서울의 도심에서 느껴보지 못한 쾌적함이 뼛속 깊이 스며드는 듯 안온한 꿈나라로의 즐거운 여행길에 푹 빠지고야 만다.

충절의 고장, 아산牙山—충무공 이순신 장군이 굳게 지키고 있는 현충사와 세계 최고의 식물원, 소문난 민속마을을 바로 곁에 두고, 빼어난 광천수와 유명 골프장이 있는 이곳 도고온천—한낮에도 매미들의 합창이 정겹고 감미롭다. 소나무 숲, 미루나무와 플라타너스 나무들이 즐비하여 그늘 짙게 드리우고, "매음 맴 쓰르램" 매미 소리 천상의 음악과 족히 비견할 만하다. 고추잠자리 잡느라고 손자 녀석 얼굴엔 온통 땀 국물이 흐른다. 텃밭마다 푸성귀가 무진장이다. 공해 없는 상추, 아욱,

파, 마늘, 도라지, 열무가 이 밭 저 밭 수두룩하다. 우리 클 적 농촌 풍경과는 사뭇 다르다. 아마 기계화 영농 덕분이겠지?

뙤약볕에 나와 논 물꼬 트고 밭 풀 뽑는 일은 사라졌는지? 허수아비는 졸고 있는 듯 서 있는데 논밭 임자 보기는 거의 불가능하다. 고단하기 때문일까? 밤에 코 고는 사람이 제법 많다. 고향 그리워 시냇물 찾는 목마른 사슴처럼 여기저기 기웃거려본다. 온천 정육점의 생고기 맛이 그립다. 내일은 꼭 들러보아야겠다. 수원 아줌마의 낯빛이 그리 밝지 않은 것 같아 조심스러웠지만 우스갯소리, 간식과 음료수, 카드놀이 등으로 한여름 밤의 긴 터널을 무사히 지났다.

휴가 둘째 날 새벽, 제일 먼저 깨는 사람은 역시 나였다. 어두움이 조금씩 밝아오는 태양으로 대체되는 순간 귀중한 한 날은 또다시 새롭게 펼쳐진다. 조반 준비에 바쁜 여인들의 손길마다 희망과 전진의 음률이 흐르는 듯 가히 위대함마저 느끼게 한다. 고단함 속에서 피어난 아침 나팔꽃처럼 밝은 미소를 짓는다. 식구들 먹거리며 끼니 끼니를 빈틈없이 채워주는 인고의 세월…. 여자의 일생은 정말 숭고함을 인정받아야 마땅하리라. 커피나 녹차 중 선택하여 한 잔씩 마신 후 그토록 기대해 마지않던 스파와 사우나 현장으로 이동하여 주섬주섬 옷가지를 비키니 차림새로 바꿔 입고 각자의 희망대로 첨벙 댄다. 다섯 살 손자 의겸이는 엄마 아빠 할머니들이 번갈아 챙겨주며, 이글거리는 태양과 맞서서 물놀이를 즐긴다. 한편으론 옛날 유스 풀장을 개조하여 한 바퀴씩 돌아오게 만들어졌고, 한쪽에는 각종 미끄럼틀이 많은 사람들을 토해내고 있다. 우리 의겸이도 아빠와 삼촌 틈에 끼어 긴 코스와 터널을 차례차례 통과하고서는 기뻐서 어쩔 줄을 모르고 있다. 입술이 새파랗게 질려 있으면서도 물속에서 나오길 마다한다. 할 수 없이 엄마가 끝까지 함께 튜브를 타고 놀아준다. 그네며 퐁퐁 뛰어오르기, 물벼락 맞기 등 스파 시설이 많이 개선되어 있었다.

  점심은 비싸고 별로 맛도 없는 짜장면, 돈가스, 비빔밥 등이 엉성하게 준비되어 있었지만 입장할 때부터 강제성이 예고된 터라 사 먹지 않을 수 없었다. 여기가 머리 회전이 빠른 사람들이 다시 올까 말까? 헷갈리게 하는 구석이 아닌가 싶었다. 몰래 들여온 수원 아줌마의 황도 복숭아를 흘깃흘깃 주변을 돌아보며 용케도 야금야금 다 먹어치우니 다섯 시가 넘어서야 숙소인 IF(infinite) 콘도로 귀환할 수 있었다. 선크림을 바르긴 했어도 울긋불긋 탄 모습들이 엿보였다. 어찌 그리도 빠른지 또 저녁상은 차려지고 식성 좋게 한 그릇씩 뚝딱 먹어치운다. 하루 노동(?)이 고되었기에 밥맛은 꿀맛이렷다. 깊은 밤 되어 아들들 코 고는 소리는 어젯밤과 마찬가지요, 단잠 자기로 소문난 나는 누가 죽인다 해도 모를 정도로 금세 잠들어버리고 가장 일찍 일어나는 재주가 있었다. 내 맘속에 함께 온, '사랑의 교회' 옥한흠 목사님께서 쓰신 『이보다 좋은 복이 없다』 한 권은 벌써 다 읽었다. 이제는 2박 3일의 여정도 몇 자 글로 남겨야 할 텐데…. 생각이 미친다. 참 오랜만에 써보는 글인지라 매끄럽지도, 참신하지도 못하구나!

　고향, 농촌 냄새 풋풋한 이 신선한 공기와 시커먼 흙, 반짝반짝 햇살 따가운 구조물마다 60~70년대 '새마을운동'의 흔적이 배어 있는 듯 사랑스럽고 값져 보인다. 우리 숙소와 스파 현장 사잇길 모퉁이엔 고 박정희 대통령의 별장이 공개되었다. 삽교천 준공 행사 후 이곳에 잠깐 들러 상경한 그날 밤 비운의 궁정동 사건―김재규의 총탄을 맞고 서거한 박정희 대통령―이 떠오른다. 비통한 우리 역사의 단면을 보는 듯 그 흔적을 보며 마음이 뭉클하고 나도 모르게 옷깃을 여미며 '서로 사랑하자. 특히 가족끼리 화목하자' 되뇌며 식구들에게 좀 더 행복하게 잘해 줘야지, 나 자신과 굳은 약속을 하며 서울로 왔다.

　*가족과 함께 여름휴가를 보내고.

아들아! 축복한다

넌 나의 영락없는 붕어빵이었어. 네가 어릴 적 유치원에 다닐 때 내가 널 데리고 충청도 시골, 도고온천 초등학교(당시엔 국민학교) 총동문 운동회에 함께 갔었어. 그때 내 친구들이 널 보더니 "저 애 익수랑 똑같이 생겼네. 너 어릴 때 모습 그대로 빼닮았어!" 하고 거금巨金 만 원짜리 지폐를 성큼 쥐여주니, 네가 내 눈치를 살살 보면서 받지를 않더구나. 친구들 성화에 못 이겨 결국은 받았지만…. 넌 어릴 때부터 큰아들답게 책임감과 신중함이 남달랐지.

내가 수산청에 근무할 때, 네 엄마는 만삭의 널 품고 남편인 나를 보살피느라 고생이 참 많았지. 널 낳던 날도 속이 안 좋아 힘들어하는 엄마를 남겨둔 채 정상 출근해서 모심기 행사를 마치고 곧장 수색 기독병원으로 달려갔더니, 너를 예쁘게 낳았더구나. 그날이 바로 1973년 6월 4일이야. 나는 물론이고, 네 외할머님께서 얼마나 기뻐하셨는지 모른다. 근 한 달여를 너와

네 엄마를 보살펴 주셨단다.

교회 활동에 열심이시며 얌전하시고 잘생기신 너의 외할머님 — 항상 활짝 웃으시며 너희 삼 형제 해산관을 도맡아주신, 정情 많고 고마우신 어르신 — 이신데 이젠 하늘나라에서나 뵈올 수밖에 없으니 어이하리. 이따금씩 인자한 그 모습을 내 꿈속에서 만나 얼싸안곤 한단다. 지금은 편히 모시며 맛있는 것도 사드릴 수 있고, 좋은 곳에 여행도 함께 갈 수 있는데…. 너무 아쉽고 슬플 뿐, 어느새 내 눈가엔 물이 흥건히 고이는구나. 아, 세월이 참 빠르게 지나간다. 내 나이 내년이면 벌써 팔십이라니! 통 실감이 나질 않는다.

요즈음은 내 건강도 썩 좋은 편이 못 되어 감기도 곧잘 걸리고, 전립선도 확장되어 먹는 약 종류가 늘어나니 은근히 걱정도 든다. 모쪼록 건강하여 식구들에게 어려움 끼치지 말고 깨끗한 종말을 맞았으면 하는 게 나의 소망이건만, 우리 생명의 주인이신 하나님께서 어찌하시려는지? 아무도 그 앞날을 모르는 일! 내가 평소 즐겨 치는 탁구와 게이트볼은 꾸준히 하는 편이고, 또 얼마 전 파크골프도 신장개업을 하였으니, 역시 나는 욕심이 많은 늙은이라고 해야겠지?

내 사랑하는 아들아! 내가 아버지로서 너에게 큰 재산은 물려주지 못하지만, 진실한 사람으로서 정직과 겸손을 유지하며 부지런하여 성실히 노력하면 남부럽지 않게 살 수 있다는 것, 이 한 가지만은 분명히 말할 수 있다. 이것이 진리요 사필귀정 事必歸正이라고 생각한다. 또한 우리 식구가 믿는 종교, 기독교 신앙생활을 열심히 해야 한다. 기독교의 중심 사상은 '사랑'이다. 서로 아낌없이 사랑하여라. 늘 하나님을 경외敬畏하고 이웃을 내 몸처럼 사랑해야만 화평한 세상, 밝고 부강한 나라, 화목하고 복된 가정을 이룰 수 있을 것이다.

어제는 주일이라 예배드리고 12시 반에 온 가족, 아홉 식구가 한우식당에 모여 너의 생일 플러스 둘째 손자 김의겸金義謙의 생일(6월 10일)을 기념하여 식사 자리를 마련하였다. 나의 마음은 최고 최상最高 最上의 기쁨과 감격의 도가니였어! "참 만족스럽고 감사합니다. 행복합니다"란 말이 절로 나오더구나. 아들아! 손자야! 너희는 굳이 1등을 다투지 말고 서로 사랑하기를 힘쓰기 바란다. 내가 가난하여도 공약公約 두 가지는 하겠다. 아들 셋에게는 공평한 유산 분배를, 키 180㎝ 이상 크기를 달성하는 손자들에게는 천만 원의 포상금을 꼭 주겠다. 꾸준히 열심히 노력하기 바란다. 지금은 영양 공급이 풍족하고 체육 환경이 매우 좋아져 충분히 가능하리라고 본다.

대학 2년생 아들까지 돌보고 있는 착한 우리 아들아! 오늘도 하나님께서 특별히 사랑하시는 류영모 목사님께서 시무하시는 '한소망교회'의 영상 편집을 위해 있는 힘을 다 쏟고 있는, 참

대견하고 장한 우리 아들, 김영광金榮光의 쉰한 번째 생일을 다시 한 번 진심으로 축하하고 축복한다. 하나님께 크신 영광! 그 이름 찬란하게 영원히 빛나거라. 오늘도 나는 겸허히 무릎 꿇고 두 손을 모은다.

제3부

이웃 섬김

옛 생각

오래 정든 시골 풍경
초동 친구들 보고 싶어
높푸른 하늘만 바라보네

순수하고 해맑기만 했던
어릴 때 나의 모습
미래를 향해 불타던 꿈과
소망에 대하여
다시금 돌아보는 오늘
여기 나는 그리운 옛 생각에 울컥
잔잔한 눈물 흘려요

슬프거나 외로움이 아닌
벅찬 기쁨과 감사의 눈물이
자꾸만 자꾸만 솟구쳐
옛정과 사랑
새록새록 피어나요

운동화

검정 고무신 신던 시절
운동화는 선망의 대상
그토록 갖고 싶었는데
요즘 운동화 엄청 좋아져
구두보다 훨씬 비싸네

비 쏟아지는 오늘도
사전연명의료의향서 상담 봉사하러
노인복지관을 향하네
우산을 썼는데도
운동화는 흠뻑 젖어

비나 눈 와보면 알아
진짜 좋은 운동화인지
물 스며들어 양말 젖고
발 냄새 풍기면 실격
겉보다 속이 중요해

귀한 만남

이렇게 고마울 수가
그분을 만났기에
내가 살았네

6·25전쟁고아를
키워주신 우리 외할머니
찐한 눈물과 사랑

대학 떨어져
오갈 데 없는 나에게
공무원 시험 치르게
도와주신 아버지 친구
그 귀한 만남

무엇보다 귀한
아내와의 만남
예수님과의 만남은
내 일생을 바꿔놓았고
새 생명의 삶을 주셨네

샘솟는 이 기쁨과 감사
못 잊을 귀한 만남이여

아름다운 인생

가슴 벅찬 기쁨 누가 알리
나에게서 고통과 슬픔 사라져
믿음과 사랑 쑥쑥 자라나
이젠 환한 소망이 손짓하네요

어리석은 우린 고독과 우울
미움, 옹졸하고 변덕스러운
스스로도 부끄러운 삶이었네
아, 다 벗어던져요

이제는 별과 시와 노래를
푸른 들판 무수한 꽃, 숲과 새들
대양의 물고기 떼, 돌고래춤을 보며
즐겁게 손뼉칠래요

정다운 사람, 은인, 벗들을
가난한 이웃, 고아를 보살피며
아름다운 인생을 살려고요

섬김

헌신적 사랑의 수고에
감사의 눈물이 핑~

진짜와 가짜
늘 자기를 낮추며
겸손히 남을 섬기는
신실한 믿음의 역군들

위선과 거짓 교만
언행이 다른 자를
경계할 일이니

하나님은 정직한 사람
묵묵 섬김의 종을
참 기뻐 사랑하시죠

고난주간 새벽
주님의 십자가 아래
겸손을 배워요

그늘

그늘은 어두운 구석
더러 슬퍼만 보였는데
삼십사오 도를 넘나드는
요즘의 폭염 아래선
그늘만큼 소중한 게
또 어디 있을까?

태양볕이 쨍쨍
땅이 이글이글 타올라도
살짝 그늘 속에 숨으면
시원한 바람결에
숨통이 트이네
이제야 살았구나

난 늘 그늘 같은 삶
빛나는 이들에 가린
희미한 그림자 인생
빛도 원목原木도 아닌
반사체 곁가지로
주님의 종이 되려네

물바위

파아란 생명의 폭포수
그립고 아플 때면 나는
너를 죽도록 끌어안네
내 오랜 이름은 물바위
큰 환호성~
너는 파도!

너를 본 나는 늘 사랑을
때론 연민을 품고
기나긴 세월을 동거했지
잠자다 깨어 기지개 켜고
잠잠하던 수면을 뒤엎어
숱한 목숨과 거액을 삼켜
공포와 통곡을 쏟아내고
정직하라 겸손하라네

반석에서 생명수 터져라
갈급한 이 땅 백성들 신음
고통, 울부짖음을 들으소서

성난 파도여 이젠 잠잠하라

물바위!
넌 나의 또 하나
불끈 힘주는 다른 이름이지

그 사랑

동지섣달 길고 추운 밤
외로운 님 생각으로 지새워
기도하는 그대 작고 하얀 손

병상에서 사투하는 아들 살리려
찢어지는 가슴 안고 애통하는
어머니의 타는 목마름 그 사랑

가난한 옆집 할머니 입혀드릴
옷 하나 깁는 바쁜 여인의 손길
오, 천사의 마음 아름다운 세상

성탄절은 코앞, 갈 곳 없는 노숙자
때묻은 얼굴로 기침 콜록콜록
지하철역 바닥에 누웠네
너무 아프고 너무 슬퍼요

그이도 나도

그이는 나보다 훨씬 낫다
인품 경륜 실력 어느 면에서나
그럼에도 분명 잊지 말 것은
우리보다 빼어난 위인들이
지구촌에 널려 있다는 엄연한 현실

그이도 나도
더 겸손해져서
더욱더 열심히 공부하는 모습
넓고 높은 세계를 바라보며
그 정점에 눈 맞추어
마지막 열정을 태워야 하리

녹슬어 버려져선 안 돼
닳고 닳아 다 없어질 때까지
아낌없이 쓸 수 있도록

꿈

해 짧은 늦가을 깊은 밤
그리운 그대 모습 생생해
벌떡 일어나 큰 눈 떠보네
고요한 밤 정적만이 흘러
헛헛한 마음을 끌어안고
새날 새아침을 잉태하느라
침묵으로 몸부림만 치네

두꺼운 마스크가 보고픈 그대 얼굴 숨겨놓아도
내 마음밭에 움트는 연한 새싹은
금세 부풀어올라 큰 이파리 되었네
내일 밤이면 넝쿨 칭칭 감겨
빨간 열매 알알이 맺히겠네

그립고 고마운 그대
긴 침묵 오랜 잠적 끝에 잠깐 꿈속에서라도 만나
뽀얀 얼굴 환한 미소를 보네
아~ 그리운 이여! 부디부디
아프지 말고 행복만 누리시기를

별

저 하늘의 별님이
너무도 외로워
나 몰래 뜨거운 눈물
주르륵 흘리네

너 착한 별아
절대로 너만 그리
외롭고 슬픈 건 아냐
우리 모두가 아파

사랑하는 별아
짙은 어둠 씻어내고
가장 밝게 빛나라
우리의 큰 별님아

그리움

엇박자로 만난 이들
숱한 날들 속 애증으로
지친 걸음 주저앉네

시퍼런 젊은 날의 심장
그리움은 뛰고 있지만
세월 막는 장수는 없네

아름답던 그대와 나
옛 모습 새록새록 짙어져
모락모락 피어오르네

쌓인 그리움에
눈물이 나네

기드온

사사기의 용장 기드온
오늘도 횃불 들고
복음 전파의 사명
열정과 사랑으로
우리는 평생 동지

전국 대회가 코앞인데
부랴부랴 지역 대회
형식과 자랑보다
내실 본질을 살려
기도로 준비해요

오, 빛나는
선진의 숭고한 신앙
묵묵한 발걸음
인자한 미소가
너무 그리워요

시므온 지파

우상숭배에 빠져
자손은 급격히 줄었고
받은 땅도 적었네

유다 지파가
제 몫으로 돕고 위로하니
하나님 크게 기뻐하셔

외롭고 약한 형제를
더욱 사랑하는
믿음의 식구들 되자

믿음의 사람

하나님을 경외하고
이웃을 사랑하라
주신 직분, 사명에 충성
정체성이 확고해

변질되고 거짓이 넘치는
마귀 세상에 빠져
물욕과 우상숭배자로
사는 것을 피하여

늘 성령님과 동행하는
거룩한 삶을 이루리
매일 결단과 기도로
승리의 기쁨 누리리

*말라기 2:1-16.

화해

이스라엘이 멸하려던
르우벤 갓 므낫세
동부의 세 지파는
지혜로워

오해와 갈등 풀려고
정직 겸손히
먼저 찾아가
진실을 밝혔네

우리는 다 같은
그리스도의 지체
사랑과 화해로
님의 뜻을 이루리

한 영혼

풍랑 이는 바다를 건너
귀신들린 거라사인의
한 영혼을 구원하셨네

육천 마리 돼지 떼를
바닷물에 몰살시키며
한 생명과 자유 살렸네

저희도 주님을 닮아가
병들고 외로운 이들
기도와 물질로 도우리

한 영혼이 천하보다
귀하고도 귀하다
주님은 말씀하시네

사랑

사랑은 생명이요 삶이다
거짓 없이 온 맘 다 주는
순수 최상의 선물

사랑은 숭고한 열정
영혼의 불꽃이요
감격 환희의 노래
기쁨 감사의 춤이다

사랑은 참 소망
이 세상에서 누리는
하늘나라의 평안
아름다운 여행이다

겉보다 덕德

사람들은 겉外貌을 보나
하나님은 늘 중심을 보셔

사랑하는 사람도 변하면
미운 마음으로 바뀌네

하나님의 진실한 사랑
영원무궁히 한결같으셔

우리의 큰 별 또 지셨네
덕성스러운 장로님!

아픔 슬픔 미움이 없는
천국에서 길이 빛나소서

*박덕성 원로장로님을 하늘나라로 보내드리며.

미성美星

아름다운 별 하나
빛나는 큰 불의 씨앗
이 땅의 바른 기둥들
세우리라 확신하네
시골 인재여 꿈을 안고
열심히 힘껏 달려보라

오직 학문과 연구에
심혈을 기울여야
탐스런 열매를 맺어
나라와 민족
고향을 빛낼 수 있네
세월은 기다려주지 않아

'상아탑'이라든가
'형설의 공'이란 말은
배움의 소중함에서
피어난 꽃들의 향기니
어른들의 가르침을

가슴 깊이 새겨야 하네

뜻있는 동지들이여
함께 장학재단을 이루세

*서요원 회장과 고향 장학재단을 꿈꾸며.

응암교회여!

동녘 하늘 해
불끈 솟아오르듯
95년 전 매바우골 황무지에
복음의 씨앗 뿌려졌네

뜨거운 사랑 주님의 보혈이
질병과 가난 무지의
우리를 구하고
새 생명을 주셨네

오, 진리의 등대 응암교회여!
100년을 향하여
성령의 능력으로
부흥의 불길
활활 타올라라

은혜와 평강의 땅
굳게 딛고 일어나
세계 열방을 향하여
영원무궁 찬란히 빛나라

밝은 눈으로 미래를 바라보자

　오늘은 아침부터 비가 부슬부슬 계속 내리고 있다. 큰 꿈을 품고 9년 9개월간 서울특별시장으로 봉직하던 박원순 씨가 65세를 끝으로 자살이라는 선택을 하여 비운의 장례식을 갖는 날이라 마음이 우울한데, 또 한 분 전선에서 나라 지킴이로 헌신했던 백선엽 장군이 백수를 다하시고 대전현충원에 묻히는 일이 겹쳐져 많은 생각에 젖어들게 한다. 이 두 분의 장례예식과 공적을 놓고서 한마음 한목소리를 못 내고, 국민과 국회의 여야가 갈리는 이 땅! 이 지구상에 어디 또 있을까? 남북통일은 아직도 멀기만 한데 골은 더 깊어만 가고 핵, 미사일, 전쟁 준비는 가열화 추세이며 평화통일의 물꼬는 닫혀만 있다. 수많은 이산가족의 비애가 서린 현장 ― "동족끼리 총대를 겨냥해야 하는 이 민족의 죄악을 하나님 용서해 주세요. 어서 속히 대한민국의 하늘과 땅에 사랑의 계절, 통일의 기쁨을 안겨주소서!" 기도할 수밖에 없구나!

지도자들은 이제 당리당략이나 제 편 제 식구 챙기기의 낡은 수법을 버리고 국가와 국민을 먼저 생각하는 큰 사고의 틀을 지녀야 한다. 하나님이 복 주신 우리 경제의 풍요를 세계 인류와 나누어야 하고, 남북이 연합하여 동거하길 힘써야 한다. 그것이 분명 하나님이 기뻐하실 우리 민족의 과제이리라. 멋진 선진국으로 거듭 태어나야 한다. 우리 아들딸들, 손자손녀들에게 더 나은 이상과 꿈을 유산으로 남겨줘야 하는데…. 여기서 멈춰서면 안 되는데 앞으로 나아갈 미래가 안 보인다면 그 나라나 그 가정은 끝장 아닌가? 더 좀 나아져야 하고 더 번영해 가야겠는데, 그런 비전과 노력이 보였으면 좋겠는데. 우리 젊은이들에게서 그런 기상과 열정이 점점 모자라 보여서 큰 걱정이다. 우리 응암교회의 청년부만 보더라도 내가 소망하고 기대하기로는 행동, 발걸음도 더 힘차고, 말도 씩씩하고 또렷하게, 무엇보다 목적 있는 삶의 몸부림, 웅지를 품고 도전과 용기를 내야 하는데…. 눈에 확 들어오지 않는 아쉬움이 있다.

젊은이들이여! 부디 건강한 영적 생명의 소유자들이기를 염원한다. 선구자, 개척자들이길 원한다. 뉴 프런티어New frontier의 깃발을 높이 들고 더 큰 인물들 되어라. 코리아를 품고 세계를 향하여 달려갈 수 있기를 기도한다. 칠순이 훨씬 넘은 나도 때론 청년으로 행세한다. 공부를 하든 운동을 하든 시시하게는 안 한다. 무엇이든 적당히 해서는 아무것도 이룰 수 없다. 남보다 더 열심히 땀 흘리고 고뇌하는 자에게만 좋은 결과가 있게 마련이다. 청년의 우상이던 김연아와 박지성을 높이 칭찬하며 본받기를 권한다. 값진 땀과 눈물 흘림 없이 소중한 것이 얻어질 수는 없다. 나약하고 미래가 불투명한 청년들아! 하나님 주신 달란트를 맘껏 발휘하여 놀라운 인생 승리자들이 다 되길 기도한다.

"나는 할 수 있다. 나는 최선을 다한다"를 날마다 외쳐보아라. 지금처럼 좋은 환경은 일찍이 없었다. 우리가 살면서 현재처럼 물질이 풍부하고 기술과 문명이 발달한 때가 없었다. 지금이 최고 최상이다. 이런 토대 위에 우리가 못할 일이 없잖은가! 다만 노력, 의지가 약한 것뿐이다. 어려움을 참고 뚫고 나가는 힘이 부족한 것이다. 하려고 하는 마음과 뜻, 옛 어른들이 품었던 웅지雄志가 없는 게 문제일 뿐이지 지능이 더 높고 학문과 기술이 훨씬 앞섰기에 노력만 하면 다 성취 가능한 좋은 세상이 되었다. 쉽고 편한 지름길만 찾지 않겠다는 야망과 큰 꿈이 정말 소중하다. 그리하면 노벨상도, 세계 최초 최고 일등도 모두 가능하다. 우리 민족의 두뇌는 유대 민족과 함께 빼어나다고 이미 공인되었다. 하면 되는데 하지 않아서 병이요, 해서는 안 될 일을 하는 것이 큰 문제이다. 더 늦기 전에 더 많이 사랑하고 미워하지 않으며, 놀며 게으르지 말고, 열심히 공부하고 일해야만 한다. 우리가 지닌 잠재력이 100인데 60도 30도 못 써보고, 안 쓰고 마는 격이 되어서야 앞으로 더 뻗어 나아갈 수 있겠는가?

사랑하는 나의 세 아들, 며느리와 손자들아! 더 큰 꿈과 인생 목표를 쥐여주지 못한 나의 책임이 크다는 걸 후회하며 반성하고 있다. 영어 공부 좀 더 시키고 외국의 견문을 보다 넓혀주지 못한 점, 우리가 몇 끼 굶는 한이 있더라도, 집을 줄이거나 팔아서라도 자식들 더 가르치고 더 키웠어야 했는데…. 내 자라온 환경에 빗대어 독립심이니 자수성가니 하면서 내 옛적 사고방식만 고집한 잘못이 크구나. 내 시대는 민족적 비극 때문에 그랬다손 치더라도 우리 아이들에게는 그런 대물림을 해선 안 되고 더 큰 변화와 도약이 필요했는데…. 나의 실수였다. 이제 와서 자식들이 나에게 혹시 섭섭하게 해도 난 할 말이 없다. 우리 아들들이 가끔 "아빠 닮아서 다 그래요. 왜 그렇게 키우셨어요?" 말하더라도 난 큰소리 못 친다. 그게 사실이니까….

늘 검소함과 절약만을 강조하면서 "너희들 대학 졸업까지만 내 몫이고, 대학원부터는 스스로 해결해라. 결혼시켜서 전셋집까지는 내가 책임지마!" 이것이 무슨 공약이라도 되는 듯 철칙인 양 못 박은 내 잘못이 크다. 남들은 자녀 교육이라면 집 팔고 논밭 팔아 학원이다 레슨이다 뒷바라지에 혼신을 다하는데 나는 평범한 국가공무원으로서 청렴한 생활하며 내 집 마련하는 게 지상목표였고, 빚 안 지고 아들 셋 키우는 게 다였다. 아내는 정말로 죽을고생을 했다. 분명 넉넉하게 못 해줬다. 아이들은 그 흔한 영수학원에도 못 보내고 개인 레슨 한 번 못 시켰다. 피아노도 못 가르쳤다. 다만 살기에 바빠 빡빡한 길을 걸어왔다.

우리 손자들이라도 세계 속의 총아로, 영재들로 키워야 할 텐데…. 앞으로가 문제다. 눈을 크게 뜨고 미래를 향한 투자에 인색하지 말자. 아이들의 재능을 빨리 정확히 찾아내어 가장 효율적인 방법으로 잘 키워야 한다. 그들 속에 잠재된 능력을 사장死藏시키지 말고, 우리의 헌신과 사랑으로 미래의 꿈나무들을 무럭무럭 자라게 하자. 아름다운 성품 교육이 우선이다. 남을 배려하며 나라를 사랑하고 부모와 어른을 섬길 줄 알게 해야 한다. 거짓말 안 하는 정직한 사람, 창조주 하나님을 경외하고 이웃과 자연을 사랑하는 착한 사람, 가난하고 외로운 이들을 돕는 따뜻한 사람, 온유하고 겸손하여 늘 화평한 관계를 이루어내는 훌륭한 미래의 지도자를 길러내는 디딤돌이 되고 싶다.

정직한 국민이 되자

    요즘 우리가 걱정하고 반성, 회개해야 할 많은 것들 중에서 가장 최우선해야 할 것이 '정직正直'이라 생각한다. 정직한 국민들로 거듭나서 국제 신뢰를 회복해야 진짜 선진국이 될 수 있다. "정직이 최선의 정책이다(Honesty is the best policy)"란 말이 있다. 본래 우리 선조들은 정직하고 예의 바르며, 절개를 목숨만큼이나 소중히 여겼었다. 거짓과 위선僞善에 끝까지 저항하고, 진실을 밝혀내기 위한 투쟁으로 이 나라를 지켜온 위대하고 자랑스러운 민족이다.

    천 번의 외세 침입과 사상, 이념의 갈등으로 남과 북이 갈라져 수많은 이산가족離散家族이 아픔과 고통 속에 울부짖고 있지만, 그 옛날 우리 어릴 때에는 어른들에겐 공손히 인사하고 부모와 스승의 가르침엔 절대 순종하며 착하고 아름다운 마음을 길렀다. 국가의 위상과 가문의 명예를, 또 자신의 이름을 더럽히지 않으려 양심을 지키고, 죽더라도 거짓과 불의에 굴복하지 않는 세계 역사에 빛나는 강하고 깨끗한 민족, 일컬어 백의민족白衣民族이라 불렸는데….

36년의 일제 강제 점령, 6·25 한국전쟁 이후의 혼란 속 세계에서 가장 못사는 가난한 나라에서 서독에 8천 명의 광부, 1만 2천 명의 간호사 파견을 담보로 받은 눈물겨운 차관 경제를 바탕으로 '한강의 기적'을 이뤄낸 우리 조국 대한민국이 어느새 이렇게 거짓되고 남 잘되는 꼴 못 봐주고 나와 내 가족만을 챙기며 이웃과 나라의 앞날을 모른 체하는, 이기적이며 당장 코앞만 보는 하루살이 같은, 바람 따라 춤추는, 깊은 뜻이 없고 희망이 없는 국민으로 변질되어 가고 있는가! 참된 스승과 죽기살기로 열심히 공부하는 학생들, 국가와 사회, 기업과 직장을 위해 온몸을 불사르는 청장년들이 계속 늘어나야만 하겠다.

우선 정신교육, 역사교육부터 다시 시작해야 하지 않겠나? 창의와 탐구로 밤을 지새우며 끈질긴 노력과 인내로 세계 최초, 최고의 걸작을 만들어내자. 소아적, 근시안적 사고로부터 벗어나 선진 미래를 멀리 넓게 내다보며 남의 것을 베끼고 흉내 내는 안일한 생각을 버려야만 한다. 지금의 대한민국은 인재, 인프라, 재력은 충분히 갖추었다고 본다. 다만 국민정신, 특히 정직성이 관건關鍵이다. 다가오는 미래의 주역들에게는 정직을 바탕으로 한 월등한 실력이 필요하며, 그런 사람들이 끝까지 살아남게 될 것이다.

인간의 끝없는 욕망과 자연파괴로 자초한 지구의 이상기후와 천재지변, 대형참사, 새로운 질병들이 빠른 속도로 진행되고 있는데 우리는 미, 중, 일, 러 4대 강국의 소용돌이 틈바구니에서 유일하게 한 민족끼리 전쟁무기를 맞대며 엄청난 국가예산을 쏟아붓고 풍전등화風前燈火의 위기 속에 조마조마하며 살아가는 분단국으로 남아 있으니…. 저 북녘땅은 더욱 곯어 죽어가고 숙청자는 늘어나며, 거짓과 가면극은 그 끝을 모를 지경이다. 비무장지대 철책선과 전방관측소는 몽땅 부수고 헐어 버렸는데, 북한은 계속 미사일과 포탄 쏘는 연습을 멈추질 않고 있으니….

일흔 살이 훨씬 넘은 나에게도 손자가 벌써 셋인데 그놈들 보노라면 눈물이 난다. 이 아이들의 장래가 밝아질 수 있도록 한반도 통일이 언제쯤이나 이루어질까? "오! 창조주 하나님, 역사의 주관자시여! 이 땅, 불쌍한 우리 민족! 서로 용서하고 사랑하게 하소서. 무엇보다 먼저, 정직해지고 올바르게 살아가도록 도와주시옵소서!"

각종 비리, 부정부패, 국회 청문회 위증僞證, 심지어는 대통령 후보들의 말 바꾸기나 공허한 약속 등 오늘도 끊임없이 저질러지고 있는 화인火印 맞은 양심의 가식假飾과 수많은 속임수, 탈 쓴 얼굴들의 거짓 웃음과 쉽게 꾸며내는 말들을 애통하는 마음으로 싸안고, 하늘 향해 간절히 회개기도를 드린다.

제4부

세상만사

인생

한잠 푹 자고 나니
이마에 물 한 방울
주르륵 흘러내리네

새벽 네시 반
에어컨이 바람 없이
29℃에 멈춰 있네

올여름 참 무덥고
지긋지긋해
처서인데도 불볕

오, 인생의 가을
울긋불긋 열매들
맛있고 풍성하여라

작은 소망

벌써 여든한 살
남은 해 얼마일지
난 정말 모르오

마지막 참 소망 하나
내 뜨거운 사랑 눈물 피
달여낸 시 한 송이

헤르만 헤세… 아니
소월이나 윤동주의 시
정지용의 「향수」 같은
불후의 노래 곁에

몇 알 남기고 하늘 감이
내 진정 소원임을
이제야 알 것 같소

눈眼 1

눈이 맑고 예쁜 님
마음씨 곱고 착해라

온정에 목타 우는 나
잔잔히 스며드는 님아

행여 그대 큰 눈망울
눈물 뚝뚝 흘리시면

내 가슴 찢어지고
그 아픔으로 죽으리

아름다운 님 생각
깊은 밤 잠 못 이루오

눈眼 2

눈은 마음의 창窓이요
영혼이 비친 거울이다
시력이 점점 약해지고
정확도도 떨어지니
공이 빗나가기 일쑤요
여기저기 부딪힌다

나이는 못 속여
눈이 빡빡하고 흐릿해
가끔씩 거미줄도 쳐져
안과에 들러 진료받고
안약을 사서 넣는다

'몸이 천 냥이면
눈이 구백 냥'이라 했나
사람의 지체 중에서
눈이 가장 보배인 걸

아~ 맑고 빛나던
젊은 날의 내 눈 그리워
감사의 눈물만 흐른다

말 言語

말은 사람의 품격이다
말을 잘 하는 것보다
잘 말하는 게 중요해
막말 저속한 말 안 돼
말 많으면 실수도 많아

늘 생각을 깊이 하고
은혜롭고 아름다운 말
믿음의 말 격려의 말
진심을 담은 말로
위로와 기쁨, 복되게

혀는 칼이요 불이니
사람을 죽이고 상처 줘
성도의 말은 달라야
사랑과 겸손 온유로
힘과 소망을 줘야지

모욕이나 경멸의 말로
상대의 마음 아프게 해
앙심 품고 복수의 칼날
갈게 하는 말 함부로
절대 해서는 안 된다

빈말 반말

깊은 생각 없이
허튼 말을 쉽게
입만 번드르르
속없는 말 잘도 하네

참말 옳은 말
바른말 고운 말을
내 말은 줄이고
남의 말 잘 듣기를

반말 내뱉는 무례
속된 말 추한 말
남 깎고 욕하는 말
이제는 그만 좀

위로 칭찬 격려
사랑과 존경의 말
하나님 기뻐하실
온전한 말 하기를

삐딱구두

넌 왜 늘 매사에 삐딱하니?
이왕이면 밝게 웃으며
긍정의 눈으로
넓은 세상을 바라봐
그만 좀 투덜거려

아름다운 이야기들
기쁜 추억만 떠올리며
남은 인생 즐겁게
착하고 정직한 길
똑바르게 걸어가

비록 우툴두툴
길은 굽어 험해도
삐딱구두 따닥 따다닥
아프고 시끄러운 소리
이제 더는 내지 마

지나치다

오늘도 두 번이나
무심코 지나치다니
스마트폰 샘 노트에
시를 쓰다가 딴생각
승강장 입구를 지나쳤고
내려야 할 을지로3가역을
또 지나치고 말았네

정신 바짝 차려야지
무엇에 골똘히 빠져들면
선을 넘고 경계를 벗어나
지나치고 마는구나
노인네여! 부디
생각이나 언행言行을
너무 지나치지 마세요

불꽃도 열정도 다
정도와 때가 있는 법
지나치면 차라리
모자람만도 못하다오

척

없으면서 있는 척
못나고도 잘난 척
모르면서 아는 척
미운 게 예쁜 척

참말 웃겨요
거짓이 판치는 세상
진짜는 척 안 해
지식 재물 재능 꿈이
많을수록 자랑 않는 법

속이 안 차니 겉치레만
실력 아닌 허세라
진실 정직 겸손하자
잘 영근 알곡이 되자

무관심

사람 사이 무관심보다
더 무서운 건 없을 거다

믿고 사랑한 남녀 사이
그보다 더한 내 핏줄 내 새끼
죽을 만큼 애틋한 정과 관심
그게 바로 진정한 사랑이고
꿈이고 희망이었는데…
어느새 사그라들고 텅 비어
식은 죽처럼 퍽퍽하고 맛없어져
메말라진 무표정 무관심으로
사랑은 시들다가 끝나나요

세상 이보다 더 큰 배신은 없어
널 얼마나 믿고 기대했는데
딴청 부리고 반항하다니
하늘이 무너진 듯 허망하구나
세상 물정 모르는 우리 아가야
인생은 그리 쉬운 게 아니란다

정말로 멀고 긴 험난한 항해
그 힘든 뱃길을 어찌 헤쳐 가려느냐

착한 내 손자 성겸아!
순하게 밝게 순종하여라
학생이란 모름지기 공부에
오직 공부에만 전념하거라
한평생 살아온 할아버지의 유언이야

공짜 공화국

일하기 싫으면 먹지도 말라
하나님 명령하셨는데
요즘 공짜배기 너무 많아
근면 성실 우리 모습
사라지고 있네

나라빚은 태산인데
공짜 돈을 주고 밥도 옷도
설렁설렁 일하는
노인들 벌이가 쏠쏠해

과연 복지국가가 맞나?
젊은 일꾼은 줄어들고
국채는 산더미 쌓이듯
오오! 불안한 나라여

우리 다시 허리끈을 졸라
나라 경제를 되살리자
후손에게 나라빚을
더 이상 떠맡기지 말자
공짜 공화국은 망한다

인공지능

4차 산업혁명으로
우린 인공지능 시대를
살아가고 있네

사람 대신 뇌와 손발
말과 행동 신비롭네
주종이 바뀌려나

인간의 탐욕으로
지구를 훼손한 죄
응징받는가

인공지능이
이 지구상에서
인간을 멸절시킬라

지혜

그의 친구를 보면
그 사람을 알게 돼
교활한 친구 새겨
나쁜 영향력 받아
어느새 남 욕하고
원망 불평 시비로
편가르기 충동질
부정적 인간이 되네

양육과 훈계로써
참된 지혜를 얻어
성령과 진리로
거듭난 사람
하나님의 참 자녀
되기 원하오니
날마다 지혜의
말씀을 내려주소서

우리들 바랄 것은
많은 지식 쌓음보다
지혜의 말씀으로
믿음에 굳게 서서
참 자유와 기쁨
하늘 소망을 품고
참된 행복의 삶을
영원히 누림이라

권력

일순 허망한
권력에 빠져
웃고 우는
우매한 인간

집 한 채 없으나
곧고 당당한
충만 풍요 왕의
위대한 힘

인류의 죄악을
사하시고
새 하늘 새 땅
새 생명 주셨네

목숨 바친
사랑과 용서
영원불멸의
참빛이여!

참빛을

거짓이 짓밟는
혼탁한 이 세상
공의의 참빛을
비춰주소서

하나님의 사랑이
가득 흘러넘쳐
웃음꽃 피는
활기찬 나라

정직을 목숨보다
귀히 여기는
자유와 화평의
행복한 나라

전쟁과 가난 없이
번영할 나라
대한민국 위에
오, 참빛을!   *광복 80주년을 맞이하며.

갈등葛藤

A는 B를, B는 C를
C는 A를 서로 물고 뜯고
시기 질투 미워하네

얽히고설킨 칡넝쿨
오, 이 땅의 비극이여

화평 사랑 용서하세요

준비해요

패역한 이 시대를 좇지 않고
하나님 말씀에 순종하여
겸손히 무릎 꿇고
기도하는 자 복받으리

구약 율법 시대를 끝내고
예수 사랑의 새길을 열
광야의 외치는 소리
세례 요한은 준비해요

여자가 낳은 가장 큰 자
예수님께 세례를 주고
위대한 사역을 알리며
깨어 준비해요

새벽길

새해 정월 초순
춥고 깜깜한 밤
달도 별들도 잠들고
위성 정찰기만 외롭네

한겨울 새벽 네시
홀로 걸어도
무섭지 않음은
주께서 동행하심이라

특별 새벽기도회
장로님들 특송
연습 시간에
늦으면 안돼

뺨을 스치는
바람은 차가워도
영혼의 맑은 미소
발걸음은 힘차도다

*찬송가 323장.

참 기쁨

새아침 새벽기도
영혼의 안식과 기쁨 충만
여호와의 백성들이
70년 바벨론의 포로에서
해방의 참 기쁨과 자유 찾았네

태의 열매인 자식은
하나님의 최고의 선물
인간의 욕망으로 키우지 말고
하나님의 말씀과 기도
사랑과 순종으로
성령의 열매를 맺으라

항상 기뻐하고
쉬지 말고 기도하며
모든 일에 감사하라
이것은 우리를 향하신
하나님의 뜻이니라

모시밭골 사람들

 정情 많고 인심 좋은 충청도 궁밭宮田 한 마을 풍경! 그곳이 모시밭골이다 — 아마도 예부터 모시농사를 제법 많이 지었길 래 지명地名이 그리되었으리라! 내 나이 칠순을 넘겼는데 그 마을 출신들은 지금도 생생하고 훈훈한 모습으로 만나서 옛정을 떠올리며 헤어지길 못내 아쉬워들 하고 있다.

 나의 초년(당시는 국민학교, 지금은 초등학교로 부른다)과 중·고등학교 시절에 그곳의 외가 외할머니 품속에서 자랐다. 역시 혼자였던 외사촌 아우가 아들 셋을 남겨둔 채 형인 나보다 먼저 저 하늘나라로 작년에 가버렸다. 동네 이장을 오래 보아 왔는데 실명과 폐질환으로, 또 착한 아내의 사망으로 인한 외로움이 우여곡절 많은 그 일생을 칠십에 마감하게 했나 보다. 제대로 형 노릇도 못한 주제에 더 이상 무엇을 논하랴. 다행히 큰아들(나에게는 장조카) 신경섭은 현재 예산여자고등학교 국어교사로 근무 중이다. 고맙고 장할 뿐이다. 둘째 우섭이와 셋째 명섭이도 건강하게 다 제 몫을 하고 있으니 감사할 뿐이다.

이제부터 본격적으로 모시밭골 사람들 이야기를 하련다. 대표적으로 서요원 회장! 나의 2년 선배이자 제일 믿음직한 벗, 시골 나이로는 일흔셋 황금 개띠생이다. 중학교까지만 온양에서 다니고, 양정고와 배화여고를 나오신 부모님의 은혜로 일찌감치 서울로 눈을 돌려 휘문고를 거쳐 연세대학교 경영학과를 졸업하고 삼성그룹의 이병철 회장 비서실에 발탁된 케이스다. 삼성의 주요 멤버였으니 얼마나 몸과 마음 고생이 많았겠나? 아침 일찍 출근해 가장 늦게 퇴근하는 모범생이었기에, 그가 가장 아끼고 사랑했을 게 뻔하다. 창원 소재 삼성정밀 공장장도 수년을 잘 버텼고, 삼성종합건설사장 등 굵직하고 힘든 일들을 잘 견뎌냈기에 아직도 삼성은 그를 전폭 신임하고 놓질 않는다. 선후배 동료들의 사랑과 존경의 대상임에 틀림없다. 모시밭골의 우리들도 다 그렇게 생각하며 믿고 있다. 지난 2월 26일 밀알학교 도산홀에서 열린 나의 『창조문예』 수필 부문 신인상 수상식에 참석 못 했다고 다음 달 4월 중순 옛친구들 다 모아 마포의 해물탕집에서 한턱 쏘겠다니…. 난 눈물로 보답할 뿐 더 이상 말이 나오질 않는다. 그저 받기만 하니….

이 새벽에, 아니 아내의 예순일곱 생일날 아들 셋, 둘째 며느리, 또 세 손자들이 곤히 예쁘게 코골며 새근새근 자고 있는 이

미명에 필름처럼 떠오르는 모시밭골 정경을 안 쓰고는 못 배길 것만 같다. 현대정유 발전소장을 지내신 곽헌영 선배님은 팔순인데 원자력발전 전문가이시다. 내가 대산지방해양수산청장일 때에도 현장에서 큰 공로자이셨다. 내가 무척 뵙고 싶은 선배님이시다. 권영삼 선배님은 외대 영문과를 나와 남아공의 선교사로 나가 있고, 곽정웅 형은 아산중, 온양고등학교 때부터 학도호국단 간부, 회장 등 사회성과 리더십(leadership)이 강한 편이고 의리의 돌쇠였다. 샤니케이크 사장, 수산유통사장 등을 역임했으며, 골프를 잘 쳐서 도고온천C.C 등에 홀인원이 기록되어 있고, 아들 재건이가 서울대 의대를 나온 서울대병원의 전문의이다. 서요원의 아들, 딸 또한 서울대를 나와 현역 의사로 열심히 수고하고 있다. 또 부산에서 서경원은 수백 명을 거느린 큰 기계공장을 경영하고 있다. 아마 나와 같은 나이일 것 같은데. 예쁜 신원 누나는 한밭여고 탁구선수로 활약했고 중앙대 약대를 졸업, 오래전 미국으로 이민 갔는데 설마 돌아가시진 않으셨겠지? 많이 보고 싶다.

매일 아침 저녁 내 공부방 가까이 옆집에 살면서 '오솔레미오' '선구자' 등 테너 발성 연습으로 나를 깨우던 이수찬 형은 그 뒤로 음악적 대성은 못했어도 시골농협장으로 탄탄한 기반을 닦아 살고 있으며, 진짜 성악을 제대로 하신 서양원 형님은 학교 출강과 부천에서 합창단을 이끌고 계신다고 들었다. 준원이 형은 한양대를 나오셔서 홍성 혜전전문대 교수를 하셨는데 배구 선수 제자인, 그 유명한 처녀가축왕 임빈희와 결혼한 낭만파셨다.

　그 시절 뙤약볕 찌는 무더운 여름날이면 우리는 참외, 수박 서리로 원두막을 온통 뒤집어 놓기 일쑤였다. 새까만 밤중에 검정 팬티만 걸치고 검정 고무신을 신은 채 재넘어 원두막을 토벌했다. 오늘은 원석이네 것, 내일은 수찬이, 익수네 닭. 돌아가며 제 닭 잡아먹는 도둑이 되었었다. 털은 땅속 깊숙이 묻어야 탄로 안 나지…. 인정 어린 어른들은, "어젯밤에 익지도 않은 수박 일곱 통 서리당했다" "우리 씨암탉 한 마리 도둑맞았다" "어쩔 수 없지! 오죽하면 그랬겠어!" 그걸로 이상무였다. 지금이라도 무릎 꿇고 용서를 비는 심정이다. 그저 너털웃음 반, 허탈한 푸념 반으로 죄인인 우리를 용서하셨었는데…. 인자하셨던 우리들 부모님은 이 세상에선 다신 뵈올 수 없는 그리움, 사무침일 뿐! 어지셨고, 다정하시고, 진실 그 자체이셨는데…. 우리 자식들 위해서 온갖 고초와 피땀을 다 흘리시며 희생, 헌신하셨었는데…. 운동장이 없어 꽃밭 마당에서 빨랫줄 띄워 놓고 배구시합하고, 심지어는 깡통과 돼지오줌보로 편 갈라 축구시합하며 체력증진 노력하였기에 지금껏 건재하는 것이리라. 하지만 어른들 속을 너무도 많이 썩여 드렸던 우리들이었다.

　이제부턴 슬픈 이야기를 해 보련다. 이 세상에서 나와 제일 친했던 서태원! 제일 잘생기고 예산고등학교 축구선수였었고, 씨름도 잘 하고 마음씨도 최고였었는데…. 성북동 김양일 형 집에서 그 추운 날 발가벗고 연탄가스중독으로 저 세상에 먼저 갔다. 나는 조선일보에 실린 소식을 듣고 초등 친구 몇 명과 현장에 갔었다. 싸늘한 시체를 끌어안고 엉엉 얼마를 울었던지. "왜, 왜? 착한 너에게 이런 참변이…." 그 아픈 기억은 똑같이 빼닮은 동생 문원이를 지난번에 만나보고 이제 잊기로 했다. 다만 연로하신 어머님이 더 오래 건강하셨으면 좋겠는데…. 우리의 영원한 막내삼촌! 서관석 님은 신흥대학(현 경희대) 체육과 출신으로 사람 좋아하고 술 좋아하는, 모든 운동의 왕초셨는데 왜 일찍 가셨나요? 딸이 이화여대를 졸업, 이대병원에 근무하고 있는데….

이제 열 네댓 명 남짓이 봄, 가을로 날을 잡아 우리의 고향, 도고온천 골프장으로 다 모여 아름다운 추억과 보고 싶은 얼굴들을 떠올린다. 이 일이 살아 있다는 기념이요 증거이며, 아직 건재한 우리 모습 자체가 하나님의 귀한 선물, 값으로 헤아릴 수 없는 보석 중의 보석임을 확인하는 계절이기도 하다.

초등학교 졸업여행지 수덕사에서 친구들 몰래 구운 오징어 랑 사과 반쪽을 내 작은 손에 쥐여주던 채원 씨는 건강하고 행복하신지? 자기 오빠보다 나에게 더 잘 한다고 엄마한테 혼났다는 말을 잊지 못한다. 형들을 다섯이나 가졌음에도 엄마더러

익수 형을 친형 삼게 해달라고 졸라대며 친동생처럼 따르던 마음 착한 후배 인형이와 무역회사 사장 의원이, 꼬마 때 깊은 두레박 우물에 빠졌다가 구사일생으로 부활한 낙원이도 많이 보고 싶다. 언젠가 관광버스 빌려 가득 태워 백운계곡으로 소풍 간 적이 있었지… 그 이야길 지금도 가끔 한다. 너무 좋았노라고…. 오래오래 건강히 살아주옵소서, 하나님께 늘 기도를 드린다.

편안한 사람

나의 공무원 시절에 상사님 한 분께서 어느 날 조용히 나를 불러놓고, "자넨 심플simple해서 참 좋아" 하셨다. 그때는 그 말이 칭찬인지 꾸중인지 모른 채 지나쳤다. 인생 노년에 든 이제야 그 말뜻을 겨우 알 것 같다. 남 괴롭히고 까탈 부려 가며 성가시게 구는 사람, 매사 건건 간섭하고 이간질 잘하는 살쾡이 같은 사람, 눈을 멀건히 뜨면서 느끼하게 말하는 스타일의 친구―난 그런 사람이 제일 싫고 참 불편하다. 제 분수 확실히 지키고 남의 일에 참견 안 하며 소리 없이 섬기고 잘난 체 절대 안 하는 친구―그야말로 멋진 친구, 언제나 나를 편안하게 해 주는 사람이다. 지금 와서 생각해 보니, 분명히 나는 필요 이상으로 복잡하고 골치 아픈 유형의 사람은 아니었다. 언제나 "예, 아니오"를 얼버무리지 않던 내가 좋았노라고 상사님께서 말씀하신 것임을 알겠다. 세상도 엄청 복잡한데 인간마저 그럴 필요가 있을까? 가족과 이웃을 좀 더 화목하고 기쁘게 할 수 있는 편안한 사람이 되고 싶다.

특히 전 세계를 강타하고 온통 질서와 삶의 패턴을 엉망으로 뒤집어 놓고 있는 코로나19 재앙! 역사상 최대의 위기 앞에 우리는 더욱 겸허하게 사람으로서 지녀야 할 본래의 귀한 가치인 긍휼과 자비로운 마음과 행실을 인식하여, 아름답고 건전한 사고와 태도를 성찰해 보는 소중한 기회를 만들어야 한다. 인류가 서로 사랑하고 도우며 공생의 원리를 실천해야 할 의무와 책임을 깨달아야 한다.

그간 문명과 개발에 정신없이 일방적으로 쏟아붓던 인간의 끝없는 욕망과 이기주의로 인해 다른 피조물들, 특히 우리에게 늘 고맙고 보물과도 같은 자연을 마구잡이로 파괴하며 고통을 준 지난날을 반성하며 소중한 가치를 인정하고 오래오래 누릴 수 있도록 가꾸며 보전해야 할 것임을 명심하여야 한다. 유엔에서도 이번 사태를 기점으로 과연 인류의 행복한 미래를 위한 것이 무엇일까? 깊이 고민하며 새로운 계획과 결의가 충분하게 논의되고 적극적으로 실행되어야 할 것이라고 생각한다.

이제 인지가 높아지고 세계가 1일권으로 무역, 교통, 정보, 과학기술, 교육, 문화예술 등 모든 면에서 신속한 교류와 상호보완이 가능한 시대를 맞이하여 인간이 인간다운 생각과 행동으로 살아가야 할 사명을 새롭게 정립하고 합의하는 일, 그것의 숭고함과 필연성을 확신하고 뚜렷한 목표를 설정하고 모든 나라가 참여하여 구체적으로 추진할 의지와 프로그램을 모색하여야만 앞으로 닥쳐올 더 큰 인류의 재앙과 질병 등 불행과 고통에 대비하고 최소화할 것이라고 생각한다. 세계 경제의 극심한 격차 때문에 배가 불러 음식을 버리는 곳이 많은 인류는 함께 책임감을, 특히 각국의 지도자들은 엄청난 슬픔과 고뇌, 회개와 무한한 책임을 감당할 수 있어야 할 것이다.

역사에 빛나는 위대한 인간들이여! 그대의 시대적 소명을 잊지 말고 성실하게 수행하여라. 하늘이 부여한 인간의 소중한 권리와 의무를 다할 때 우리가 살아가고 있는 현대, 아니 귀여운 우리 후손들이 아름답게 건강하게 행복하게 오순도순 살아갈 수 있는 환경을 만들 수 있다. 좀 더 진지해지고, 정성을 다해 땀과 눈물과 피를 흘려서라도 하나님이 기뻐하실 진정한 사랑의 마을, 인류의 안식처, 새로운 파라다이스를 건설해보자.

사랑하는 형제자매여! 우리 이제 내 욕심껏 살지 말고 지구촌의 공동 번영을 위해, 헐벗고 굶주린 이웃을 위해 가진 것을 나누고 베풀어보자. 이제 100세 시대를 살아가야만 한다. 우리 가진 것 모두, 나의 몸까지도 원래 주인이신 하나님께서 거저 주신 것으로서 아낌없이 되돌려주고 가야 하는데 ― 그간의 사랑과 은혜를 늘 감사하면서 기쁘게 노래 부르며 남들을 편안하게 해 주면서, 하나님을 경외하고 이웃을 내 몸처럼 사랑해야지…. 오늘도 조용히 두 손 모은다.

제5부

본향으로

내 영혼

칠흑 같은 새벽
맑고 고요해
외롭고 아픈
영혼의 찬양
감격의 눈물 흘려요

새날 새아침
하늘문 열리고
복음 들려와
내 가슴은 뛰고
환희의 물결 넘쳐요

치솟는 태양처럼
환히 빛나는
나의 영혼아
오늘을 마음껏
사랑하며 웃으렴

인생길

내가 걷는 이 길이
정말 바른 길인가요?

세월에게
샛바람 뭉게구름에게
꽃과 나무 새들에게도
그냥 가끔 물어봅니다

캄캄한 밤엔
달 별 은하수랑
반딧불이 물소리와도
소곤소곤 말벗합니다

머리카락 허옇게 물들고
주름살 늘고 고랑 깊어
꼬부랑 노인 되려는가
인생은 다 그렇게
소리 없이 흘러 흘러
망망한 대해大海로…

아, 나는 영원한 본향本鄕
천국을 향해 가고 있는가?

하늘 소풍

복지관 체험학습 소풍가는 날
하늘도 맑고 곱네

서울 승화원
하늘 정거장을 뒤엎는
상가 가족들의 애끓는 울음소리 속에
홍보관서 웰에이징-웰다잉 수업
이모저모 졸업 사진을 찍고
사전장례의향서를 썼네

소풍날은 기쁜 날만은 아니었네
연이은 검정 옷들의 행렬
스물셋 화장로와 수골실을 지나
유택동산을 지나는 발길이 천근이었네

시립 용미리 묘지에 들러
굽이굽이 돌고 돌아 빽곡한
좁은 잔디밭 층층
능선형 자연장지에서
영혼의 본향을 그려보네

행복합니다

사순절! 회개의 기도
눈물이 펑펑 솟아나와요
슬퍼서가 아닙니다

벅찬 감격과 환희의 물결
정말 행복합니다
감사의 눈물이어요

우리 교회 모든 가정
사랑스러운 식구들
신실한 믿음으로 살아가니
정말 행복합니다

너무 기뻐서 울 때
하나님은 웃으십니다

창문을 열며

종려주일 성찬식 날 아침
일찍 일어나 창문 활짝 여니

짙은 봄 향기 묻어 들어오고
봄의 교향악 널리 울려퍼지네
달리는 낮 전철 창가론
한강 물결 아지랑이 아롱아롱

골고다 십자가에 매달려
절규와 침묵… 몸부림치며
피 물 다 쏟으시고
죽을 우릴 마침내
살려 놓으신 예수 그리스도

부활의 첫 열매!
캄캄한 우리 눈
환하게 밝히셨네

십자가

타는 목마름, 아픔
죽기까지 고통당한
피 흘림의 일생

온갖 수모 싸안고
인류 구원의
위대한 꿈 이루려

쓰러지고 넘어지며
승리의 언덕에 올라
환한 웃음꽃 피웠네

사망 권세 이기고
부활의 첫 열매로
영생 복락 누리시네

보혈

샘은 물을 내요
죄와 더러운 것을
정결케 씻는
진리의 샘물은
오직 예수의 보혈

탐욕 거짓 불의한
세상이 줄 수 없는
참 자유와 기쁨
영혼의 안식을
늘 누리게 하시죠

보혈의 공로로
거듭난 우리는
숨질 때까지
순종과 감사로
주님 닮기 원해요

세상 환란 풍파
눈물 골짜기 지나
영원히 찬양할
하늘나라 올라
영생의 면류관 쓰리

*찬송가 264장, 스가랴 13장.

회개

죄와 허물로 얼룩진
우리를 향해 오늘도
주님은 "회개하라,
내가 용서하리라"
말씀하시는데

어리석은 우리들
생각으론 시인하고
입으로는 고백하나
행동으론 옮기지 않네
아, 완악한 인간이여

코로나를 우리 힘으로 해결
어림없는 생각
하나님의 능력으로
소멸하리라 믿어요

우리는 더욱 겸허히
무릎 꿇어 기도할 뿐

이제 탐욕과 이기심
고집과 편견을 꺾고
진심으로 회개할 때
함께 살아갈 수 있어요

회개의 기도

광야는 회개 기도하는 곳
절망 가운데서도
하나님은 우릴 향해
응답하시네

'너는 내게 부르짖으라
네가 알지 못하는
크고 은밀한 일을
네게 보이리라'

예레미야의 목숨 건
눈물의 기도
우리도 열심히
영안으로 주를 보리라

참 평안과 열정으로
미래의 밝은 꿈 꾸며
다니엘 에스더 같은
자녀를 낳아 키우리라

헌옷

다들 헌옷 마다하고
새 옷을 원해요
나는 가난해
새 옷 살 돈 없는데

해지고 찢긴 내 옷
깁고 빨아 입어요
마음도 몸도
가난한 나

새벽 헌옷을 다리다가
주님께 기도해요
녹슨 내 영혼
맑게 씻기소서

통회

주님은 밤낮
우리를 감찰하시죠
거룩하게 살아요

주님을 배신한 베드로도
통회 자복하여
용서를 받았어요

십자가 고난으로
부활의 첫 열매가 되신
우리 왕 예수여!

증오 탐욕 교만 위선
저의 죄악들…
울며 회개합니다

부활절을 맞으며

내일은 부활절
우릴 위해 죽으셨던 예수님이
다시 살아나신 기쁨 소망 생명의 날
주님 앞에 참 회개하며
나는 깊이 묵상에 잠기네

내가 지금 너무 사랑하는 것들
아내와 가족, 집 책 돈
특별히 요즘은 막내 손자가
어찌나 귀엽고 사랑스러운지
"할아버지, 안경 사드릴게요"
"한의사가 되겠습니다"

감기 걸려 코가 맹맹
여러 날 집에서 끙끙대면서도
재롱이 보통 아니니…
난 부활절 주님께 기도하네
손자가 속히 완쾌되어
씩씩하게 뛰놀 수 있기를
나의 온 힘 다해 간구하네

부활의 기쁨을

나는 지독한 이기주의자예요
오직 나만 알고 나만을 위해 살다가
또 그렇게 죽을 수밖에 없는
오, 불쌍한 나그네 인생이여

예수님은 가장 높은 성소聖所에서
가장 낮고 추한 곳에 오셔서
인류의 모든 죄 짊어지시고
골고다 언덕 십자가에 "땅 땅 땅" 못 박혀
"엘리 엘리 라마 사박다니"
물과 피 다 쏟고 죽으셨다가
3일 만에 부활하셨어요

5년 후 백 년을 맞는 응암교회 식구들이여
거짓 시기 다툼 미움 모두 버리고
오직 믿음과 소망과 사랑으로
부활의 기쁜 삶을 나누어요

문門

문은 시작점
문은 경계
공간과 공간을 잇는 소통의 통로
모든 것의 정체성이요

성전의 문門
문지기를 세우사
거룩한 분별력으로
우리 영혼 지켜주세요

우리 모두는
오직 주님 말씀을 좇아
살아가는 착한 백성
그의 종從이니

하나님 나라
충성된 문지기로
항상 기쁘게 살아가요

*역대상 26장.

기다림

우리는 기다리네
언제나
묵묵히
누군가를

슬픔과 아픔을
참고 견디며
큰 꿈 꾸는 소년처럼
새날의 소망 안고

지혜롭고 순결한
요셉이여
오, 위대한 이름
빛나도다

오늘도
오직 주님만
바라보네

*창세기 39장~41장

청지기 삶

주님 곧 오소서!
오실 날 그 언제입니까
충성된 종은 늘 깨어
기도로 준비하네

제 능력보다 겸손으로
오직 주인 뜻만 좇는
청지기의 삶이라

걱정 두려움은 없네
참 평화와 기쁨 넘치네

*찬송가 104장.

참 제자

예수를 닮은
참 제자는
온유 겸손해요

제 능력 뽐냄 아닌
주님의 영광 위해
신실한 믿음
순수한 사랑
말씀에 순종해요

시기 질투 않으며
공로나 우열을
다투지 않아요

오직 주님의 십자가
가슴에 품고
동행할 뿐…

*누가복음 9장 후반.

참 일꾼

참 일꾼은 한결같이
주인에게 충성
명령에 절대 순종
심플 순수합니다

주님은 내게 오라
우릴 부르시고
세상을 향해
우릴 보내십니다

영적인 능력
영적인 통찰력으로
복음을 전파하며
병을 고칩니다

양

올곧게 묵묵히
앞만 보고 가는 너

언제나 순하고 여린
순종의 삶이여

착하고 충성된 종
하늘나라 빛나는 상
너의 것이라

숲속 찬양단

늦여름 오후
적송나무 줄지어 선 산책길입니다
갈증에 시달렸어도
새소리 청아하고 맑습니다

주일날 예배당 찬양대처럼
찬양소리 귓전을 스치면
늙은 소나무들은 연신
아~멘 아멘으로
몸을 흔들며 화답하고
나는 기도하듯, 묵상하듯
길을 걷습니다

하늘빛 흐려지고
희뿌옇게 날리던 빗줄기가
어깨 위를 적시어 와도
나는 '은혜로다 은혜로다'
그냥 걷습니다

난 기도한다

찬바람이 으스스 분다
아기 새가 우는 소리처럼

새야!
네 약한 날개가 그 바람
이겨낼 수 있겠느냐
어찌 그 먼 길을
홀로 나섰단 말이냐
주께서 맺어준 인연을
사탄이 끊어버리고
그 무거운 짐을
스스로 진단 말이냐

나는 지난밤에도
울다 잠든 네 새끼를 껴안고
여리디여린 네 생각으로
하얗게 지새웠다

이제 바람이 차갑구나
얼어붙은 네 가슴 풀리거든
봄볕처럼 사뿐 돌아오렴

퍼즐 완성

"믿음이 이기네 믿음이 이기네
주 예수를 믿음이 온 세상 이기네"

하만과 같은 모함 흉계 거짓이 판치는 세상
힘겹고 억울하고 고통스러워도
"죽으면 죽으리라" 결단한 에스더처럼
하나님의 섭리 믿고 의지하면

상처 입고 조각난 퍼즐 같은 우리 삶
하나님은 감싸안아 완성하시네

제비는 사람이 뽑으나
결정은 하나님이 하신다

*찬송가 357장, 에스더 3:7~15.

거룩한 여행

마음밭에 심은 좋은 씨앗
생명 언약 돌에 새기고
주님과 동행하는 빛난 여정
늘 사랑 희락 화평하여라

하나님은 영원한 반석
환난날에도 우리를 지키시니
강하고 담대하라

우상숭배 세상 욕망 버리고
주 안의 기쁨 감사 넘쳐
굳센 믿음으로 충성 봉사
인생! 오, 거룩한 여행이여

기쁜 날

나는 기뻐요 참말로
신비스러운 오늘 새날
어떻게 멋지게 사나?

우선 하나님께 기도를
감사와 찬양 기쁨 넘치는
하루를 선물로 주신 은혜
무엇으로 보답하나

오늘은 꿈처럼 기쁜 날

내 맘속 큰 별

"내가 너를 부르고
내가 너를 정결케 했으니"
크고 변함없으신
하나님의 사랑

주의 영광 주의 얼굴
내 맘속에 영원히
빛나는 별
벅찬 감격 기쁨 환희
감사의 눈물 흘리며
찬송을 부르고 또 불러요

주님 뜻대로

오직 예수
오직 은혜
주님 관심과 사랑으로
하루하루 살아요

행악자로
세상과 짝하여 살든지
주님 방관하시면
우린 다 죽어요

주님 뜻대로
순종의 삶
참된 종의 길
묵묵히 걷기 원해요

진정한 승리자

나는 조상 대대로 선천적으로 마약이나 담배를 모르고 태어난 사람이다. 아직까지 입에 대보지도 않았다. 그러나 술은 군에 입대해서 배웠고, 제대 후 직장을 다니면서 한 잔 두 잔 상사와 동료들과 어울려 마시던 것이 한때는 즐겨서 코피가 난 적도 있었다. 일을 마치고 특별한 회식 자리에서 격려하는 상사와 동료들이 주는 술을 홀짝홀짝 받아 마시다 보니 거나하게 취해 다음 날 일찍 직장에 출근해 세수하는데 물이 뻘겋게 물들어 있잖은가? 나는 깜짝 놀라 이제는 술을 멀리 해야겠다고 생각한 적이 있었다. 여러 번 동료와 출장 갔다가 밤 술자리를 피하느라 집안일을 핑계로 일찍 돌아오기도 했다. 공직 사회에서는 한때 "술 잘 마시는 사람이 일도 잘한다"는, 말도 안 되는 소리를 떠들어대던 시절이 있었다. 참 우습기만 하다. 물론 인간관계나 사업상 소통을 위해 식사에 반주 한두 잔 곁들이거나 차를 마시며 담소하고 좋은 의견을 나누는 것이야말로 얼마나 훈훈하고 정다운 일이겠는가? 그러나 술의 속성상 "처음에는 슬슬 마시던 술이 나중엔 오히려 사람을 마셔버린다" 하지 않던가? 관건은 절제의 문제다. 나약한 인간으로서는 도저히 내 맘대로 안 되니까….

　나도 자력으로는 못 끊고, 2001년 심한 담석증으로 서산의 료원과 서울 순천향병원에서 40일간 세 번의 레이저 수술 끝에 배를 째고서야 돌을 빼내고 16kg이나 체중이 줄어서 살아났고, 심찬섭 박사님의 권고대로 단호히 술을 끊고 지금까지 살아오고 있다. 너무나 감사한데 조그마한 선물로 그 큰 은혜를 어찌 다 보답하겠는가! 우리 집 둘째 아들과 막내가 술을 즐겨 곧잘 둘이 나가서 한 차례씩 마시고 오는데 비만 체질이라 걱정이 되지만 강경하게 못 말리는 내 잘못이 있으니, 아비인 나에게도 큰 흠이 있기 때문이다.

　술과 마찬가지로 결국은 인간의 몸과 이성을 망가뜨리는 중독성 도박이라 할 수 있는, 노년인 나에게도 아직 청산되지 않은 나쁜 취미가 있다. 명절이 되면 몸도 안 좋은 아내와 착하고 예쁜 둘째 며느리랑 100원짜리 동전을 수북이 쌓아놓고 따먹기 고스톱에 빠진다는 사실이다. 물론 말이야 늘그막 치매 예방에 좋고, 적당히 하면 노년 건강에도 도움 된다고 그럴듯한 변명을 하지만, 자식 손자들은 윷놀이랑 게임하며 놀고 있는데 신성한 식탁 위에 담요 깔아놓고 화투를 치고 있으니 "무슨 장로 권사 집사가 저래. 할아버지 할머니 엄마가 왜들 그러셔?"

하지 않겠는가! 36년간 공직생활에 모범·우수 공무원 표창, 훈장도 받았고, 더구나 며느리는 현재 변호사 사무실에 근무하고 있는데, 나는 집안 가장으로, 더구나 교회의 장로로서 자식, 손자들 보기에 민망하고 하나님과 성도들에게 부끄러워 이번 추석을 기해 단호한 결단을 내려야겠다.

사랑하는 가족들아! 내가 그간 너희들에게 언행일치言行一致의 삶을 본보이지 못한 점을 사과하며 용서를 비노라. 또한 너희 교육상 지장을 주고 훌륭한 노신사의 모습을 제대로 보여주지 못한 점 미안하다. 이제부터는 몸도 마음도 깨끗이 하고, 옷도 단정히 입고 말과 행동을, 특히 약속을 철저히 지키며, 노인이 욕심부리는 꼴불견이 안 되도록 최선의 노력을 다하도록 하겠다. "오, 거룩하신 하나님 아버지! 주님께서는 저희에게 무엇보다 성령의 열매를 맺으라고 명령하셨는데, 그간 주님 뜻대로 살지 아니하고 저의 욕망과 쾌락 속에서 완전히 벗어나질 못하였어요. 저의 어리석음과 거짓과 교만을 회개하오니 용서하여 주세요. 특별히 도박의 일종인 고스톱을 즐긴 죄악을 통회합니다. 가장 소중한 성령의 열매인 절제의 명령을 거스른 죄악을 용서하여 주시옵소서. 이제부터는 성령의 아홉 번째 최종 열매인 절제를 꼭 실천함으로써 진정한 승리자가 되는 기쁨과 영광을 아버지께 올려 드리겠습니다."

오늘 아들 내외와 토끼 같은 우리 손자들이 뿔뿔이 흩어져

저희들 집으로 돌아가는데 엘리베이터까지만 배웅하는데도 내 눈에는 그렁그렁 이슬이 맺혔고, "아무쪼록 무럭무럭 건강하게만 자라다오. 서로 싸우지 말고 맘껏 사랑하면서 살아라." 마음속으로 기도하는 나는 어느새 진정한 승리자가 된 감격과 환희로 벅차 하늘로 날아오를 듯 기쁨과 감사로 꽉 채워진, 정말 행복한 추석이었다.

새로워지게 하소서

세월의 흐름이 이렇게 빠를 수가 있는가? 추석을 코앞에 둔 구월의 끝자락이구나! 일흔을 훌쩍 넘기고 나더니 한 해 한 해 가, 아니 하루하루가 왜 그리 쏜살같이 지나가는지 참 빠르게 만 느껴진다. 옛 어르신들 말씀 하나도 틀린 게 없는 듯하다. "너희들 늙어 내 나이 되어봐라. 얼마나 시간이 빠르게 지나가 는지. 젊을 때 열심히 공부하고 일해라"라고 일러주셨는데….

독실한 기독교 신자로서, 어지간히 큰 교회의 장로를 지내고 아들 손자들까지 오직 교회 중심의 가정을 이루어 온 나의 믿음 생활 중에서도, 특별히 집중 노력하여 현재까지 이어온 부분이 한국국제기드온협회 회원으로서의 역할과 열정이라고 볼 수 있는데 어느덧 이십 년이 훌쩍 지나갔다. 나는 평생회원이 다. 교회 선배 장로님들의 권유로 첫발을 내디딘 것이 벌써 그렇게 달려왔나 싶기도 하다. 한국국제기드온 서서울 캠프에 소속되어 비가 오나 눈이 오나 연중 쉼 없이, 매주 토요일 새벽

일곱시에 모여 찬양하고 성경통독, 합심기도, 일상의 감사헌금으로 제작된 성경을 배부하는 데 온 힘을 쏟고 있다. 세브란스 병원, 연세대와 명지대, 관내 초중고교, 애란원(미혼모 시설), 군부대에 참 열심히 성경을 기증하고 교회를 순방하며, 옛날 사사기 시대 선지자 기드온의 정신을 본받아 죽기살기로 세계에 성경을 나눠주는 귀한 일이다.

미국 주요 도시를 순회하며 매년 열리는 세계대회에도 참석한 일이 있었는데, 근 이백 국가의 회원들이 사랑과 열정, 헌신으로 하나되어 뜨겁게 기도하고 찬양하며 함께 식사하는, 정겹고 진실한 믿음의 현장을 체험하고 찐한 감동과 환희를 맛보았다. 우리나라는 55명이 참석한 대회에 사상 처음으로 동양인이, 특별히 우리나라의 보배 김장환 목사님이 한국 나이로 팔순 되는 날짜에 맞춰서 네 번씩이나 쩌렁쩌렁한 목소리, 유창한 영어설교로 세계의 기드온 가족들을 열광시킨 경사, 또 김경래 장로님은 깊이 간직해온 태극부채를 흔들면서 우리 일행의 특송 순서에 코리아를 빛내어 만장의 박수갈채를 받는 보람찬 일도 있었다. 인종과 문화의 장벽을 넘어 서로가 밥 한 끼라도 더 사주지 못해 안달이 날 지경으로, 머문 시간들이 너무 짧게만 느껴지는 순간이었다. 참 아름답고 멋진 신앙 간증 스토리를 쓰기에 충분한 광경이었다.

여러 해를 코로나19 광란으로 전국대회와 세계대회가 모두

약식 온라인 프로그램으로 대체되어 슬픔을 금치 못했다. 역사상 초유의 비극인 셈이다. 그러나 우리들 신앙의 열기와 도전은 끊임없이 불타오르고 더욱 새로워지리라 믿는다. 지금도 계속해서 전 세계의 기드온 용사와 부인회가 합동으로 12시, 정오의 합심기도를 드리곤 한다. 코로나의 빠른 종식과 실추된 기독교의 진실된 사명 회복과 부흥을 위하여, 기드온 사역을 통해 더 많은 사람들, 특히 굶주리고 병고에 시달리는 많은 영혼들에게 예수 그리스도를 전할 수 있도록 매일 주님과 개인적으로 교제하며, 기드온과 부인회원의 역할을 잘 감당하도록 지혜와 권능을 간구함으로써 코로나 이후에도 우리들의 사역은 새로워지고 더욱 성장해갈 수 있도록 최선을 다하고 있다. 이 고통과 슬픔의 긴 터널을 지나며 창조주의 깊은 섭리를 분명히 깨닫고 우리의 교만과 탐욕, 이기심, 거짓됨을 눈물로 회개하여 용서를 받음으로써 한층 새로워지는 삶이 이루어질 것이라고 굳게 믿는다.

*응암교회 창립 89주년을 맞는 날.

하늘 소풍 팀 자서전을 만들다

　오늘도 나는 감사한 마음으로 구로노인종합복지관에서 '사전연명의료의향서' 상담 및 등록 업무 자원봉사를 하고 있다. 2024년 9~10월에 '웰-엔딩 하늘 소풍' 프로그램 2기 교육을 받는 영광을 누렸기 때문이다. 처음에는 '하늘 소풍'이 도대체 무엇일까? 큰 호기심이 나를 끌어당겼고, 혹시 삶과 죽음에 관한 것 아니겠나? 하는 생각에 등록하였다. 일주일에 두 번, 빠짐없이 참석하고, 숙제도 꼬박꼬박 하며 시간 가는 줄도 모르고 재미있게 열심히 공부하였다. 시간과 열정을 다 쏟아부어 강의해 주신 김영진 선생님을 영영 잊지 못할 것이다. 너무너무 고마우신 분 ― 행복한 지금, 내 마음속 기억을 더듬어 요점 정리를 해본다.

　첫날 첫 시간에, '내가 그린 자화상'과 '학우들이 그려준 자화상'을 비교해 보니, 같은 내 얼굴이지만 사뭇 달라 보였다. 다음 시간에는 '나는 누구인가?', 나에 대한 소개를 하였다. 해방둥이 개띠인 나는 6.25전쟁으로 다섯 살 때 부모를 여의고 외할머님의 지극하신 사랑으로 초·중·고교를 12년 개근을 한 모범생으로 졸업할 수 있었다. 선생님들이 살뜰히 돌봐 주시고 용기를 북돋아 주신 덕분이다. 늘 감사한 마음으로 살아가고 있다.

'색칠하기로 성격 알아보기'란 활동도 있었다. 주황색 계통을 좋아하는 나는 다행히도 비교적 밝고 긍정적인데다 통찰력을 가졌으며 적극적인 참여로 분위기 메이커 역할을 하는 등 매우 좋게 분석되었다. 정말 감사하다. 학비가 저렴한 서울대학교에 두 번 낙방한 후 바로 총무처 행정직 시험에 합격, 부산으로 첫 발령을 받았다. 1년 반 근무 후에 입대하여 36개월 복무하고 육군 병장으로 제대, 딸 부잣집 막내딸이었던 현재의 아내와 결혼하여 가난하나 청렴한 공무원으로서 자식 셋을 낳아 정직 성실하게 키우며 36년간의 공직생활을 잘 마쳤다. 한편 믿음 생활에 푹 빠져 교회 장로로 섬기고, 현재는 국제기드온협회 평생회원으로 활동하고 있다.

다음은 가장 고통스러웠던 일 — 늦깎이 대학생으로 졸업 시험 치르느라 맹장 수술을 미룬 끝에 결국 터져서 복막염 수술로 16일간 입원한 적도 있었다. 또한 해양수산부 지방청장으로 서산에서 근무할 때 악성 담석증으로 레이저 수술 3회와 개복 수술로 40일간 병원 신세를 져 16kg 체중 감소에도 극적으로 살아났다. '믿는 도끼에 발등 찍힌다'라더니 친구에게 금전 사기를 당한 일도 있었다. 외할머님 돌아가셨을 때에는 하루종일 얼마나 슬피 울었던지. 아~ 무심한 세월이여!

다음은 가장 기뻤던 일―중학교 1등이란 합격 소식을 들었을 때, 온양온천에서 결혼식 올렸을 때, 자식을 낳고 그들로 인해 손주들을 얻었을 때, 교회 장로로 피택을 받았을 때는 정말 눈물이 나올 정도로 감격스러웠다. 모든 것이 많은 분들의 은혜요 사랑이라고 생각한다. 나의 묘비명엔 '사랑 듬뿍 받고 살다가 사랑 남기고 떠나노라'라고 쓰고 싶다. 알몸으로 태어난 내가 이 세상에 사는 동안 폐해를 끼치기보다 유익을 주고 떠나는 존재인가? 곰곰이 생각해 본다. 빚을 남기고서 가는 건 아닐까? 우리 부부는 일찌감치 연세대학교 의대에 시신 기증을 등록하였다. 홀가분한 기분이다. 눈을 비롯한 장기 이식으로 새 생명을 살려냈으면 참 좋겠다.

우리 팀의 수료식을 앞두고 실시한 서울 승화원과 용미리 자연장지 현장 체험학습은 큰 감동의 물결이었다. 하늘 정류장에 도착하니 검은색 유족들의 행렬이 줄을 잇고 애끓는 통곡에 우리 일행은 울컥하였다. 화장로, 수골실, 유택동산을 거닐며 침묵했다. 능선형 층층계단식 잔디밭엔 수많은 영혼들이 우리들을 지켜보고 있는 것만 같았다. 한 줌 흙으로 돌아갈 뿐인 인생들이 아웅다웅 물고 찢으며 살고 있다니…. 이제라도 거짓과 교만, 욕심과 미움에서 벗어나 서로 사랑하고 용서하며 살자.

나의 사랑하는 아내와 가족에게 편지 쓰는 시간―"여보! 긴 세월 고생만 시켜 미안하오. 그리고 고맙소. 당신은 나의 영원한 반려자, 천국에서 다시 만나요", "사랑하는 내 새끼들, 얘들아! 서로 사랑하고 화목하여라"라고 남겼으며, 내가 죽은 뒤

공개될 유언장에는 "1. 장례는 등록한 시신 기증서대로, 2. 유산은 아내, 아들들 똑같이 분배를, 3. 가족간에 절대 화목을, 4. 서요원 회장 아들 동훈(의사)과 의롭게 지내길…"이라고 자필로 쓰고 지장을 찍었다. 물론 사전장례의향서, 사전연명의료의향서, 사전치매요양의향서를 써냈고, 학우들과 기념 촬영도 끝냈다. 마지막으로 선생님과 복지관 도우미 복지사 여러분께 거듭 감사의 인사를 올린다.

오! 하늘 소풍 ― 자서전을 함께 만든 사랑하는 벗님들, 이 땅의 은인, 소중한 분들이여! 우리 모두 더욱 건강하고 행복하게 지내요. 먼 훗날, 밤하늘에 반짝이는 별들처럼 슬픔, 아픔이 없는 하늘나라에서 기쁘게 또 만나요. "안녕!"